新潮文庫

アムステルダム

イアン・マキューアン
小山太一訳

新潮社版

7739

アムステルダム

ジャコ、そしてエリザベス・グルートへ

ここで会い、抱きあった友らはもういない、
それぞれの過《あやま》ちに戻って。

W・H・オーデン、「交叉路《こうさろ》」

I

i

モリー・レインのかつての恋人ふたりは二月の冷気に背を向けて火葬場付教会の外に立っていた。何もかも語り尽くされたあとだったが、それでも二人は繰り返した。

「モリーは病気を自覚していなかったんだ」

「自覚したときには遅かった」

「あっという間だ」

「かわいそうなモリー」

「うむ」

かわいそうなモリー。ことの始まりは、モリーがドーチェスター・ホテルのグリルを出てタクシーを止めようとして腕を挙げたとき、その腕に走った痛みだった。この感覚は決して消えなかった。数週間のうちに、ものの名前が出てこなくなった。「国会《パーラメント》」「化学《ケミストリー》」「プロペラ」はまだ許せたが、「ベッド」「クリーム」「ミラー」はそうもいかなかった。「アカンサスアザミ」「ブレサイオラ」がいっとき記憶から消えたあと、モリーは安心したくて医者に相談した。安心させられるかわりにテストに送られ、ある意味ではそこから二度と戻ってこなかったのだった。あのプライドの高いモリーが、陰気で所有欲の強い夫ジョージによって病室に監禁されるまでの早かったこと。レストラン評論家、ファッショナブルな才人にして写真家、先端を行く園芸家で、かつて外務大臣に愛され、四十六の歳《とし》で完璧《かんぺき》な腕立て側転ができたモリーが。狂気と苦痛への下降の早さがあちこちで噂《うわさ》の種になった。肉体の機能がコントロールできなくなり、それとともにユーモアのセンスが失われ、そして痴呆《ちほう》状態に陥ったあとは、ときどき暴れようとしたりくぐもった悲鳴をあげたりするだけ。

モリーの恋人たちが教会をはなれて雑草の砂利道を歩き出したのは、教会から出てくるジョージが見えたからだった。少し行くと薔薇《ばら》を植えた長円形の花壇が配置してあり、「思い出の園」という看板が立っていた。どの株も凍《い》てついた地面から数インチの高さにちょん切られており、これはモリーの大嫌いなやり方だった。踏みつぶされた煙草《たばこ》の吸い殻が芝生のあちこちに落ちているのは、人々がここに集まって先の葬式の参列者が出てゆくのを待つからだった。旧友たちは行ったり来たりしながらまたしてもあの話題に戻ったが、形を変えて五度ばかり繰り返されたあとでも、それは「ピルグリム」を歌うより気を楽にしてくれた。

先にモリーを知ったのはクライヴ・リンリーで、それは二人が学生だった一九六八年、ヴェイル・オヴ・ヘルスで、はちゃめちゃで不安定な同棲《どうせい》生活をしたときのことだった。

「ひどい死に方だ」

そう言って、クライヴは白い息が灰色の空気に流れてゆくのを眺めた。ロンドン中心部の今日の気温はマイナス十一度だという。マイナス十一度。世界には何か深刻な手違いが起こっていたが、実在の神をも神の不在をも責めることはできなかった。「人間の最初の不服従」(訳注 ミルトン『失楽園』の最初の一行)、楽園からの失墜、下降する音形、オーボエ、九音、十音。絶対音感のあるクライヴにはGから下降する音が聞こえた。書きとめておく必要などなかった。

「ぼくの言うのは、ああいうふうに死ぬこと、意識なしに動物みたいに死ぬことだよ。おとしめられ、はずかしめられて、手を打つことも、それどころか別れを言うこともできずに。病気がそっと忍び寄って、それから……」

クライヴは肩をすくめた。二人は踏み荒された芝生の端まで来て、向きを変えるとまた歩き出した。

「ああなるくらいなら自殺したはずだよ」ヴァーノン・ハリデイが言った。七四年、ロイター通信に職を得たばかりのヴァーノンは『ヴォーグ』でいろいろな半端《はんぱ》仕事をしていたモリーと一年のあいだパリで同棲した。

「脳死も同然で、ジョージの掌中にあったなんて」とクライヴが言った。

ジョージ、退屈な金持ちの出版社社長、モリーを溺愛《できあい》した男、モリーがいつも冷たく当たりつつ、誰もが驚いたことに最後まで別れなかった男。ジョージが扉口《とぐち》の外に立って参列者から悔みを受けているところに二人は目をやった。モリーの死がジョージを世間の軽蔑《けいべつ》から引き上げていた。背が一、二インチ高くなり、背中がまっすぐに伸び、声も重々しくなり、何事かを懇願するように貪欲《どんよく》な眼差《まなざ》しにもかつてない威厳と強さがあった。モリーを施設に送ることを拒んだジョージはみずからの手で世話をした。より正確に言えば、人々がまだモリーを見舞いたがったころに、見舞い客の選別を行なったのだった。クライヴとヴァーノンへの割り当てはきわめて厳しかった。モリーを興奮させ、ついで自分の状態を悲観させてしまうだろうと思われたのだった。もうひとりの男、外務大臣もまた歓迎されなかった。噂が立ちはじめ、いくつかのゴシップ欄にそれとない記事が出た。話題がしぼんでいったのはモリーが完全に痴呆状態にあると知れたからだった。人々は見舞いに行く気をなくし、ジョージが門番に立っていることを喜んだ。しかしクライヴとヴァーノンはジョージを存分に憎みつづけた。

二人がまた向きを変えたとき、ヴァーノンのポケットで携帯電話が鳴った。ヴァーノンは失礼と言って脇《わき》に寄り、友人をひとりで歩ませておいた。クライヴはコートの前を寄せて歩調をゆるめた。火葬場の外にいる喪服の群集は二百人を超しただろう。そろそろ向こうに行ってジョージに声をかけてやらないと失礼に思われるだろう。ジョージはついにものにしたのだ、鏡に映った自分の顔さえ分からないモリーを。過去の情事に対して打つ手はないが、ついにモリーは完全にジョージのものだった。クライヴの足は感覚がなくなりかけ、その足を踏みしめるリズムで十度の下降音形が戻ってきた、リタルダンド、イングリッシュホルン、それと反対に柔らかく対位法的に上昇してゆくチェロの鏡像イメージ。鏡にはモリーの顔が映っている。結末。いま望むのはただ暖かさ、スタジオの静けさ、ピアノ、未完成のスコア、そして結末に達することだった。電話を切りがけにヴァーノンが言うのが聞こえてきた。「よし。要約部《リード》を書き直して四面に回してくれ。二時間もすれば行くから」そしてクライヴに、「イスラエル人の畜生め。ぼくらもそろそろ挨拶《あいさつ》に行かないと」

「そうだね」

けれども二人はまた向きを変えて芝生を歩き出した。何と言っても、二人が来たのはモリーを葬《ほうむ》るためなのだから。

それと分かるほど努力を払って、ヴァーノンは仕事への気がかりを押さえつけた。

「いい女だった。ビリヤード台のこと覚えてるだろ」

一九七八年のクリスマス、二人は友人のグループと一緒にスコットランドの大きな邸《やしき》を借りた。モリーと、そのころ恋人だったブレイディという勅選弁護士が、使うもののないビリヤード台でアダムとイヴのタブローをやった。男はブリーフ、女はブラとパンティ姿で、キュー立てが蛇、赤いボールがりんごの代りだった。が、一般に伝わった話、死亡記事でも取り上げられ、その場にいた人間の一部さえ信じこんでいたバージョンでは、モリーは「クリスマス・イヴにスコットランドの城のビリヤード台で裸で踊った」ことになっていた。

「いい女だった」クライヴは繰り返した。

モリーはりんごを噛《か》むまねをしながらまっすぐクライヴを見つめ、口を動かしながら淫《みだ》らな笑みを浮かべて、ミュージック・ホールに出てくる漫画的な売春婦のように尻《しり》を突き出して片手を当てていた。モリーが自分の視線を受け止めるやり方をクライヴは一つの合図だと考えたし、じっさい四月にはまた付き合っていた。モリーはサッス・ケンジントンのスタジオに越してきて夏の間そこにいた。ちょうどモリーのレストラン批評が売れ出したころ、テレビに出てミシュラン・ガイドを「料理のキッチュ」だとこき下ろしたころだった。それはまたクライヴが最初の成功を収めたころ、二度目のつきあいでもモル・ホールで「管弦楽変奏曲」が演奏されたころでもあった。二度目のつきあいでもモリーは変わっていなかったのだろうが、クライヴは変わっていた。十歳としをとったぶん、モリーにものごとを教わるだけの素養ができていた。それまでは激しいセックスしか知らなかった。モリーは性を秘すること、ときには動かないでいることの必要を教えてくれた。じっとして、そうよ、わたしをみて、まっすぐに。わたしたちは時限爆弾。

クライヴは三十近かったから、今の基準では晩学といえた。モリーが自分の部屋を見つけて荷物をまとめたときクライヴは結婚してくれと言った。モリーはキスして、クライヴの耳にささやき声で引用してみせた。「男は女を離すまいと結婚／今では女は日がな男のそば」それは正しくて、モリーが出ていくとクライヴは今までにないほど孤独がありがたく、ひと月もしないうちに「三つの秋の歌」を作曲した。

「モリーから何か教わった？」クライヴは唐突に尋ねた。

八〇年代のなかばにヴァーノンも再びモリーと付き合った時期があって、それはイタリア・ウンブリア州の別荘で過ごした休暇中のことだった。そのころのヴァーノンは、いま編集長をしている新聞のローマ特派員で、同時に既婚者となっていた。

「セックスは思い出せないんだ」と、しばらく考えてヴァーノンは言った。「素晴らしかったとは思うけど。でも、ポルチーニ茸《たけ》のことはずいぶん教わったよ、採り方とか、料理のしかたとか」

ごまかす気だなと思ったクライヴは、自分も告白はしないことにした。そして教会の入り口に目をやった。我々もあそこに行かなければ。自分でも驚いたことに、クライヴはひどく残忍な口調でこう言った。「ぼくが結婚しておけばよかった。最初のうちに、枕《まくら》で口をふさぐか何かして殺してやりたかった。可哀想《かわいそう》がられないですむように」

ヴァーノンは笑って、友人を「思い出の園」から連れ出した。「言うのはたやすいさ。

君なら刑務所で歌わせる悔い改めの歌が作れるね、ほら、名前が出てこないけどあの女権論者の作曲家みたいに」

「エセル・スマイスだろ。あれよりはましな曲が作れるさ」

参列者の大部分を占めるモリーの友人たちはできれば火葬場に入りたくなかったのだが、改めて追悼式を行なうことはないとジョージは明言していた。セント・マーティン教会やセント・ジェイムズ教会の祭壇に立って、三人の愛人が情事のさまを公然と比べあったり自分のスピーチの間に視線を交わしたりするのを見聞きしたくはなかった。クライヴとヴァーノンが近づいてゆくと、耳なれたカクテル・パーティ風のさざめきが聞こえてきた。シャンペンのトレイも、声を響き返すレストランの壁もないが、その点以外では、またひとつ画廊がオープンしたりメディアが立ち上げられたりするときと同じだった。クライヴがこれまで白昼の光の中で見たことのない顔の群れ、どれもまるで生気がなく、新入りの死者を迎えるために縦に起こされた死骸《しがい》のようだ。とつぜん人間を見るに耐えなくなったクライヴはざわめきのなかを素早くすり抜けてゆき、名前を呼ばれても無視し、袖《そで》を引っぱられても引っ込め、ずんずん歩みを進めてジョージに向かった。ジョージは女ふたり、それに杖《つえ》とソフト帽のしなびた爺《じい》さんに話しかけている。

「寒いよ、もう行こう」と誰かが叫ぶ声がしたが、しばらくの間は誰も社交儀礼がもつ求心力を逃れられなかった。ヴァーノンはテレビ局のオーナーにつかまって姿が見えなくなっていた。

そしてやっと、クライヴはそれなりの誠実さを装《よそお》いつつジョージの手を握っていた。

「とてもいい葬儀だったよ」

「よく来てくれた」

モリーの死はジョージに気品を与えていた。こういう控え目な沈痛さはまったくジョージのスタイルではなく、これまではいつもうじうじと物欲しげで、人に好かれたくてたまらないくせに友情を信じ切れないでいた。大金持ちの病だ。

「それはそうと、こちらはフィンチ姉妹、ヴェラとミニだ。ボストン時代からモリーをよく知っている。こちらクライヴ・リンリー」

三人は握手した。

「作曲家の方?」と、ヴェラだかミニだかが尋ねた。

「そうです」

「お会いできてうれしゅうございますわ。あたくしの孫娘、十一になるんですけど、ヴァイオリンの試験であなたのソナチネを勉強しまして、とっても気に入っておりましたのよ」

「それはそれは」

自分の曲を子供が弾いているところを考えるとクライヴはいくぶん憂鬱《ゆううつ》になった。

「それから」とジョージが言った。「こちらもアメリカの方だ。ハート・プルマン」

「ハート・プルマン。やっとお会いできた。わたくし、あなたの『怒り』にジャズ・オーケストラの曲を付けたんですが、覚えていらっしゃいますか？」

プルマンはビート詩人、ケルアック世代の最後の生き残りだった。干《ひ》からびたトカゲのような男で、クライヴを見上げようとしても首が回らないでいる。「もう何も思い出せんね、ちいッとも思い出せんね」と、甲高いさえずるような声で言った。「ま、そう言う以上はそうなんだろうが」

「でも、モリーのことは覚えてらっしゃるでしょう」とクライヴは言った。

「ああ？」プルマンは二秒ばかりぽかんとして、それからカッカと笑うと痩《や》せ細った白い指でクライヴの腕をつかんだ。「そりゃな」とバッグズ・バニー風の声で、「モリーと俺、六五年のイースト・ヴィレッジか。思い出すねえ。ひひっ！」

クライヴは年数を数えながら、動揺を見せまいとつとめた。その年の六月にモリーは十六になったはずだ。なぜ一度も言わなかったのだろう？　クライヴはそれとなく探りを入れた。

「夏休みで遊びにでも来てたんですか」

「いいや。俺が開いた一月十二夜節《トウェルフス・ナイト》のパーティに来たんだ。いい子だったなあ、ええ、ジョージ？」

それなら淫行《いんこう》だ。自分より三年前に。モリーはハート・プルマンのことなど一度も話してくれなかった。そういえばモリーも『怒り』のプレミアにいなかったか？　終わったあとレストランに来なかったか？　思い出せない。ちいッとも、だ。

ジョージは二人に背を向けてアメリカ人の姉妹と話していた。失うものは何もないと判断して、クライヴは手をラッパにしてかがみこむとプルマンの耳めがけて言った。

「モリーとやったことなんかないだろ、この爬虫類《はちゅうるい》野郎。おまえなんか相手にするもんか」

このまま立ち去るつもりはなく、プルマンの返事が聞きたかったのだが、ちょうどそのときやかましいグループが右と左から割り込んできて、ひとつはジョージに悔やみを言うし、もう一つはプルマンに世辞を使うしで、人波に押されたクライヴはいつの間にか離れて歩いていた。ハート・プルマンとティーンエイジのモリー。クライヴは胸を悪くしながら人込みをかきわけて小さな空き地にたどり着き、ありがたいことに話しかける者もいないまま、おしゃべりに夢中の友人や知り合いたちを見回した。本当にモリーの死を悲しんでいるのは自分だけのようだった。が、自分がモリーと結婚していたらジョージより悪い夫だったろうし、この人込みにさえ我慢ならなかったろう。そして痴呆《ちほう》状態のモリーにも。小さな角張った茶色のプラスチックボトルから、三十錠の睡眠薬を手のひらに。乳棒とすり鉢、グラス一杯のスコッチ。茶さじ三杯の黄白色の練りもの。

それを飲み下しながら、モリーは分かっているというようにクライヴを見つめた。こぼした分をすくうため、クライヴは左手をモリーの顎《あご》に当てがった。モリーが眠っている間、そして一晩中ずっと、クライヴはモリーを抱いていた。

誰も死者を悼《いた》んでいない。クライヴは辺りを見回し、自分の歳《とし》、モリーの歳、あるいはその一、二歳内外が大部分の参列者たちを眺めた。なんと豊かな、なんと権力のある人々、十七年ちかくも軽蔑《けいべつ》しつづけた政府のもとでなんと栄えてきたことか。「ぼくらの《トーキング・バウト・マイ・》世代《ジェネレーション》は」（訳注　ロック・グループ、ザ・フーの歌詞）。大変なエネルギー、そして幸運。戦後の社会保障体制下、国家からミルクとジュースをたっぷり支給され、それから両親たちがおっかなびっくり踏みこんだ無邪気な繁栄によって育てられ、青年に達したのは、完全雇用、大学新設、明るい色のペーパーバック、ロック・アンド・ロールの全盛、そして理想実現の時代だった。のぼってきた梯子《はしご》がくずおれたとき、国家が援助の乳房をしまいこんでうるさいママになったときには、彼らはすでに安全を確保し、群れをなして、さて落ち着いていろいろなものを形成しはじめた——趣味や意見や財産を。

女が楽しげに叫ぶ声がした。「手も脚もしびれちゃった、もう帰る！」そっちを見ようと振り返ると、若い男がちょうど肩をたたこうとしていた。二十代なかば、頭は禿《は》げか剃《そ》り上げたかして、コートは着ずにグレイのスーツだけである。

「ミスタ・リンリー。お邪魔して申し訳ないんですが」と、手を引っ込めながら男は言った。

音楽関係者かサインを求めに来たファンだろうとクライヴは思って、仕方がないなという顔を作った。「いや、どうぞ」

「お時間がございましたら、あちらで外務大臣にお会いいただけないでしょうか。ぜひお話ししたいと申しておりますので」

クライヴは唇を結んだ。ジュリアン・ガーモニーに紹介されたくはなかったが、わざわざ断わる気力もなかった。逃げ道はない。「じゃあお願いしましょう」と言って、友人たちが木立のように突っ立っているなかを連れられていったが、何人かがめざとく見当をつけて案内役から引き離そうとした。

「ヘイ、リンリー。ライバルと話してどうするよ！」

何がライバルだろう。モリーもこんな男のどこがよくて？　妙な外見の男だった。大頭、すべて自毛の黒いくせ毛、ひどく悪い顔色、薄くて愛敬《あいきょう》のない唇。政治の市場では、外国人排斥・重罰主義を常に売り物にしてきた。ヴァーノンはガーモニーのことをつねに一言で片づけていた、糞《くそ》ったれのお偉方、ベッドでハッスルしそうな奴《やつ》。だが、それだけならガーモニーでなくてもいい。何かべつの隠れた才能が今日のガーモニーを築き、今も飽くことなく首相追い落としにかからせているのだろう。

案内役はガーモニーを馬蹄《ばてい》型に囲んだグループにクライヴを案内した。ガーモニーはスピーチをするか逸話を語るかしているらしい。話をやめてさっとクライヴの手を握り、まるで二人きりのようにカをこめてささやいた。「ずっとお会いしたいと思っていました」

「初めまして」

ガーモニーは周りに聞かせるために声を張り上げ、周りのうちの二人はゴシップ記者特有の愛想がよくてあからさまに不正直な顔つきをしていた。大臣は演技を見せつけているのであって、クライヴは一種の小道具だった。「家内はあなたのピアノ曲を暗譜で弾けますよ」

まただ。クライヴは考えた。自分は若い世代の批評家がいうような飼い馴《な》らされた才能、グレツキをインテリ向きにしたような作曲家なのだろうか？

「それはどうも」

しばらく政治家と対面しなかったクライヴが忘れていたのは眼の動き、話を聞きにくるものや離れてゆくものをチェックし、地位の高い人間が到来するといったまたとない機会を求めてやまぬ眼の動きだった。

ガーモニーは周りに目を配って聞き手を確保した。「才媛《さいえん》でしたよ。ゴールドスミス・カレッジからロンドン市庁。華麗なキャリアが待っていた……」ここで落ちのために一息待って、「それから、私と出会って医学生になった」

青年と、もうひとり部下らしい女だけが笑った。ジャーナリストたちは反応しなかった。これまで何度も聞かされたのだろうか。

外務大臣の眼はクライヴに戻った。「それともう一つ。例の委嘱のことでお祝いを申し上げようと思って。二〇〇〇年交響曲。実はね、決定は閣議レベルまで持ち越されたんですよ」

「らしいですね。ぼくに入れて下さったそうで」

クライヴは退屈が口調に出るのを抑えなかったが、ガーモニーはまるで大感謝されたような態度になった。「なに、大したことじゃありませんよ。例のポップ・スターというか、元ビートルズのあいつを推すやつもいたんだが。ところで、仕事の具合はどうです。ほとんどできましたか?」

「ええ、ほとんど」

手足はもう三十分もしびれていたが、冷気がついに体の芯《しん》に達したのはこの瞬間だった。暖かいスタジオに戻っていれば、シャツ一枚になって、数週間後に初演をひかえた交響曲の最終部を作曲しているはずだった。すでに二度締切を延ばしており、早く帰りたかった。

クライヴはガーモニーに手を差し出した。「お会いできて光栄でした。そろそろ行きませんと」

しかし大臣はクライヴの手を取らずに大声で話し続けた。有名な作曲家とのせっかくの顔合わせだ、もう少しばかり搾《しぼ》り取らなくては。

「ずっと考えているんですよ、あなたのような芸術家のもつ自由こそがわれわれの仕事を意義あるものにしてくれると……」

同じようなスタイルでさらに話が続くあいだ、クライヴはつのる不快感を顔に出さずに相手を見つめていた。ガーモニーもクライヴの世代だった。この男は他人と対等に話す能力を高い地位にむしばまれていた。ベッドの上でガーモニーがモリーに提供したのはこれだったのだろうか。非個人性のスリル。世間という鏡の前でしなを作っている男。だが、モリーは感情の暖かさを選んだはずだ。じっとして、わたしをみて、まっすぐに。ひょっとするとほんの過《あやま》ちだったのか、モリーとガーモニーは。しかし、どちらであっても今のクライヴには耐えがたかった。

外務大臣はしめくくりに達した。「こういうのが今日われわれをあらしめる伝統なのですな」

「ちょっと思ったんですが」と、クライヴはモリーのかつての恋人に言った。「あなたはまだ絞首刑《こうしゅけい》を支持しておられるんですか」

ガーモニーはこの突然の話題転換に十分対処できたが、眼がけわしくなった。

「わたくし個人の立場は大方がご理解のことと思います。ですが、議会の見解や内閣全体の責任を受けいれるのにやぶさかではありませんよ」守りが固くなると同時に、愛想はさらによくなっていた。

二人のジャーナリストは手帳を構えて寄ってきた。

「どこかのスピーチで、ネルソン・マンデラは絞首刑に値するとおっしゃったそうですね」

翌月に南アフリカ共和国訪問を控えたガーモニーは平然と笑みを浮かべた。このスピーチは先日ヴァーノンの新聞が発掘したものだが、発掘のやり口は上品とはいいがたかった。「激しやすい学生だったころの意見に縛りつけられちゃかないませんな」しばらく含み笑いを見せて、「三十年も前ですよ。ご自分だって、相当ショッキングなことを言ったり考えたりなさったでしょう」

「もちろんです。いや、そこがわたしの論点ですよ。あのときお望みどおりにマンデラが処刑されていたら、今さら考え直しても無駄ですからね」

ガーモニーはそのとおりと言いたげに短くうなずいた。「いい論点ですな。しかし、実世界では正義のシステムも人間的な過ちをまぬかれないものでしてね」

それから外務大臣は意外なことをやってのけたのだが、高官とは他人と率直に話せないものだというクライヴの説はそれによって打ち砕かれたし、あとから思い返してもクライヴは感嘆のほかなかった。ガーモニーは手をのばし、コートの襟《えり》を親指と人さし指でつまんでクライヴを引き寄せると、周りには聞こえない声でささやいたのである。

「最後にモリーに会ったとき、君は昔からインポだと言っていたぞ」

「ばかばかしい。嘘《うそ》だ」

「もちろん君は否定するさ。記者の前で怒鳴りあうもよし、お節介をやめて機嫌よく別れるもよしだ。分かったらさっさと消えな」

　早口の切口上だった。ことが済むとガーモニーはそっくり返り、にっこり笑って作曲家の手を大げさに振ると大声で部下に告げた。「ミスタ・リンリーが夕食の招待を受けて下さったよ」これは了解済みのサインであるらしく、即座に青年がやってきてクライヴを連れだし、その間にガーモニーは向き直ってジャーナリストたちに言った。「大した人ですな、クライヴ・リンリーは。意見は意見、友情は友情。文明生活の基本じゃないかね？」

ii

一時間後、運転手つきにしてはばかに小さいヴァーノンの車がクライヴをサウス・ケンジントンで降ろした。ヴァーノンはさよならを言うために降りてきた。

「ひどい葬式だったな」

「飲みものも出さないで」

「可哀想《かわいそう》なモリー」

クライヴは家に入ると玄関に立ち、ヒーターの暖かさと静寂とを満喫した。ハウスキーパーのメモにはスタジオの魔法瓶にコーヒーをいれておいたとある。クライヴはコートのままスタジオに上がると、鉛筆と五線紙を出し、グランドピアノによりかかって下降する十音を走り書きした。窓のそばに立ち、譜面をにらんで対位法のチェロを想像した。千年紀の変わり目のために交響曲を書くという仕事がばかげた苦しみとしか思えないことも多かった。創造力の独立に対する役人の干渉。イタリアの高名な指揮者ジュリオ・ボーがブリティッシュ・シンフォニー・オーケストラのリハーサルをする場所はどこが適当かという問題のもつれ。あまりに興奮していたり敵意を含んでいたりする批評がかきたてる、いつまでも続く軽い苛立《いらだ》ち。締切を二回延ばしたという事実——千年紀の終わりはまだ先のことなのに。いっぽう、今日のように、音楽そのもので頭がいっぱいで書かずにはいられない日もあった。まだ感覚の戻らない左手をコートのポケットに入れたまま、クライヴはピアノの前にすわり、書き留めたままのパッセージ、ゆっくりした、半音階の、入りくんだリズムのパッセージを弾いた。実のところ、拍子記号がふたつ必要だった。それから、また右手だけ、さっきの半分の早さでチェロの上昇をインプロヴァイズし、満足が得られるまで何度かくり返して変奏をつけながら弾いた。ついで新しい部分を走り書きした。それはチェロの最高音域を要求し、もの狂おしいエネルギーが抑えつけられたように響くはずだった。これは交響曲の最終章だが、章の後部でこのエネルギーを解放するのが楽しみだ。

クライヴはピアノを離れてコーヒーを注ぎ、いつもどおり窓際《まどぎわ》で飲んだ。三時半というのに、灯りをつける暗さだった。モリーは灰になった。夜通し作曲して昼まで眠ろう。じっさい、それ以外になすべきことはあまりない。創造し、そして死ぬのだ。コーヒーを飲み終えるとまた部屋を横切り、立ったままコート姿で鍵盤《けんばん》の上にかがみこむと、弱々しい午後の光をたよりに、さっき書いた音符を両手で弾いた。ほとんど正しい、ほとんど真実だ。音が感じさせるのは手の届かないものへのふとした憧《あこが》れだった。誰かへの憧れ。彼女に電話をかけて呼び出すのはこういうとき、じっとしていられなくてピアノと長時間つきあえず、新しい考えに興奮するあまり誰かに伝えずにいられないといったときだった。時間があれば彼女はやってきて、紅茶を淹《い》れたりエキゾティックな飲みものを作ったりしたあと部屋の隅の古ぼけた肘掛《ひじか》け椅子《いす》に座った。ふたりで話すか、彼女が音楽をリクエストして眼をつぶって聴くかだった。パーティ好きの人間にしては、モリーの音楽の趣味はきわめて禁欲的だった。バッハ、ストラヴィンスキー、ほんのときたまモーツァルト。しかし彼女はすでに少女ではなく、クライヴの恋人でもなかった。ふたりは友達どうしで、情熱を燃やすには相手のことが分かりすぎ、自分自身の恋愛について自由に語りあえるのを好んでいた。モリーは妹のようで、クライヴがモリーの男たちを見るよりはるかに寛大な目でクライヴの女たちを判断してくれた。別のときには音楽や料理の話をした。そして今モリーはさらさらの灰になって雪花石膏《せっかせっこう》の壺《つぼ》に収められ、ジョージの手でワードローブの上に置かれるのを待っている。

やっと体が暖まったが、左手だけはまだじんじんしていた。クライヴはコートを脱いでモリーの椅子の背に掛けた。ピアノに戻る前に部屋を一周して灯りをつけて回った。二時間以上のあいだチェロ・パートの手直しをしたり他のパートも含めたオーケストレーションをスケッチしたりして、外の暗闇《くらやみ》にも、帰宅ラッシュの足音がたてるくぐもった不協和音にも気付かなかった。今書いているのはフィナーレへの橋渡し的パッセージに過ぎず、クライヴを魅了するのは先にひかえる高みへの希望だった――ゆるやかな曲線をえがいて視界から消えてゆく、年ふりて踏み荒らされた階段の姿が浮かんだ――望みは高く、さらに高く登り詰めてゆき、ついに大転換を経て彼方《かなた》のキーに到達し、霧が晴れ上がるように音の断片が遠のいてゆくなかひとつのメロディが現れる――それはひとつの告別であり、胸をつらぬく美しさによってこざかしい批判を圧倒するような明快なメロディ、去りゆく世紀とその無知や残酷を悼《いた》み、かつまたその輝かしい創造性を祝福するメロディでなければならない。初演の興奮が過ぎ去り、二〇〇〇年の祝典や、打ち上げ花火や、過ぎた時代の分析や歴史の総括が終わったはるかのちのちまでも、この圧倒的なメロディは死せる世紀の挽歌《ばんか》として残り続けるだろう。

これはクライヴひとりの夢ではなく、上昇するメロディを古代の石造り階段として考えるタイプの作曲家を選んだ委嘱委員会の夢でもあった。クライヴの支持者でさえ、少なくとも七〇年代には「保守の極北」という言い方を当然と考え、批判者たちは「反動」という言い方を好んでいたが、クライヴがシューベルトやマッカートニーと並んでメロディが書けることは誰もが認めていた。この作品は大衆の意識に「響きがなじむ」ように早めに委嘱され、たとえば騒々しく性急な金管のパッセージを夕方のメイン・ニュースのタイトルに使ってはという提案をクライヴは受けていた。業界の中核からは迎合屋というレッテルを貼《は》られた委嘱委員会の面々が何よりも望んでいる交響曲とは、それを使って少なくともひとつの歌——聖歌であり、過ぎ去りし悪《あ》しき世紀への挽歌であり、サッカーの試合における「誰も寝てはならぬ」のように公式行事に組み込むことができる歌——が作れるようなものだった。行事に組み込まれたあと、ほうっておいても三千年紀のあいだ大衆の心のなかで独立した生命を保つような歌が。

クライヴ・リンリーにとって話は簡単だった。クライヴは自分をヴォーン・ウィリアムズの後継者とみなし、「保守的」といった評語は政治用語を盗用した不適切なものと考えていた。だいたい、クライヴが注目されだした七〇年代には、無調音楽、偶然音楽、音列、電子音楽、ピッチをサウンドに解体する手法、ありとあらゆるモダニスト的企てが大学で教えられる正統のものとなっていた。この自分ではなく、そうしたものを支持する連中こそ反動ではないか。一九七五年にクライヴは百ページの小冊子を出したが、よくできたマニフェストの例にもれず、この本も攻撃であると同時に弁護でもあった。がちがちのモダニストたちが音楽を学界に閉じこめ、そこで音楽はひとにぎりの専門家のものとされ、孤立・不毛化させられたのであって、大衆との不可欠なつながりは傲慢《ごうまん》にも断ち切られてしまったのだ。なかば廃墟《はいきょ》化した教会のホールで公的助成を受けて行なわれ、ピアノの脚がヴァイオリンの壊れた首でもって一時間あまりも叩《たた》きつづけられた「コンサート」のことをクライヴは皮肉に描写してみせた。パンフレットの解説はホロコーストに言及しつつ、ヨーロッパ歴史の現段階において他の音楽形式は不可能であると説いていた。狂信者の狭い心にとって、大衆的成功というものはいかなる形であれいかに小規模であれ美の妥協と失敗のあかしになるのだ、とクライヴは主張した。二〇世紀西洋音楽の決定的な歴史が記されるあかつきには、栄冠はブルース、ジャズ、ロック、そして絶えず進化しつづける民族音楽の伝統に与えられるだろう。これらの形式は、メロディやハーモニーやリズムが革新と無縁ではないことをはっきり証明してみせた。芸術音楽の分野で重要性をもつのは世紀の前半だけ、従っていくたりかの作曲家だけであって、クライヴはそこに後期シェーンベルクや「そのたぐい」を含めてはいなかった。

攻撃は以上。弁護の部分は、これまでにも使い古された一節を「伝道の書」から借用して文句を変えたものだった。いまや音楽を官僚の手から取り戻すべし、いまや音楽の根本たる意思伝達性を回復すべし。というのも、ヨーロッパにおける音楽は、人間性の謎《なぞ》をたえず見つめてきた人文主義の伝統によってつちかわれたものだからだ。いまやわれわれは、音楽の公演とは「絶えることなき交わり」であることを受けいれ、リズムとピッチの優越性およびメロディの本質性を認めるべきなのだ。それを過去の音楽の反復にとどまらず実現するには、現代における美の定義を作り出さねばならず、そしてそれは「根本的真実」を把握することなしには不可能である。ここでクライヴはノーム・チョムスキー派の学者が書いた未発表の純理論的論文を大きく引用したが、それはケープ・コッドにあるその男の家に休暇で泊まっているあいだに読んだものだった。リズム・メロディ・心地よいハーモニーを「読み取る」力は、言語を学ぶという人間独自の能力と同じく遺伝子に書きこまれたものである。人類学者の調査によれば、これら三つの要素は全《すべ》ての音楽文化に見つかっている。ハーモニーに対する耳はわれわれ固有のものなのだ。（さらに言えば、ハーモニーの文脈に包まれていない不協和音《ディスハーモニー》は意味がなく面白くもない。）ひとまとまりのメロディを把握するというのは複雑な精神活動だが、それはまた幼児すらなしうる活動でもある。われわれは遺産を受けついで生まれる音楽的人間《ホモ・ムジクス》なのだ。それゆえ、音楽における美の定義は人間性の定義を含まねばならず、その定義がわれわれを人間性と意思伝達とに連れ戻してくれるのだ……

クライヴ・リンリーの『美を思い出す』はウィグモア・ホールでの「ヴィルトゥオーソ弦楽のための交響的乱舞」のプレミアと同時に発売された。この曲はなだれを打つように華麗な多声が胸に迫る嘆きによって中断されるもので、絶賛・非難ともにうずまき、クライヴの名声を確立するとともに本の売れゆきをも高めた。

創造ということは別にしても、交響曲を書くのは肉体的に負担である。演奏時間の一秒一秒が意味するのは、二ダースもの楽器のパートを一音ずつ書き留め、弾きなおし、スコアに修正を加え、また弾き、書き直し、沈黙のうちに座って体内の耳が書きなぐりや書き飛ばしの縦の列を統合してオーケストレーションするのを聴き、その小節が正しくなるまでまた修正し、そしてまたピアノで弾いてみるという作業なのだ。真夜中までにクライヴは上昇するパッセージを拡大しフルスコアにまとめ終えて、のたうつような転調のまえのオーケストラの大休止にかかっていた。朝の四時には主要パートを書きおえ、転調がどう作用するか、いかにして霧が晴れてゆくかを確信していた。

ピアノから立ち上がったクライヴは、疲労困憊《こんぱい》し、仕事がはかどったことに満足し、しかし同時に不安だった。この巨大な音の機関をフィナーレの偉業が本当に始動できる地点までもってきたが、それを始めるのは霊感を受けた創造力なくしては不可能だった――もっとも簡素な形で出現する最後のメロディ、管楽器のソロか、おそらくは第一ヴァイオリンによるありのままの提示。クライヴは核心に達し、その重荷を感じていた。灯りを消して寝室に下りていった。アイディアを準備するスケッチも、断片も、それどころか予感さえもないが、ピアノの前で苦吟して見つかるものではない。来るときにしか来ないものなのだ。経験からいっても、リラックスして一歩下がりつつ鋭敏な受け入れ態勢を保っておくのが一番だった。田舎で長い距離を歩くこと、ひょっとすると何度も歩きに出かけることが必要だろう。不可欠なのは山々と広い空だ。湖水地方がいいだろうか。最高のアイディアは、二十マイルも歩き通して心ここにあらぬとき不意打ちでやってくるのだった。

ついにベッドに入って、暗闇のなかあおむけに横たわり、緊張がほぐれず、精神的努力の残響が消えないままに、クライヴはぎざぎざの原色の棒が網膜を横切り、折れ曲がりのたくって日輪となるのを見た。足は凍え、腕と胸は熱かった。仕事への気がかりがいつしか単なる夜の恐怖に堕していった。病気と死、その抽象概念はやがて凝縮し、いまだに左手に感じられる感覚に集中した。左手は、三十分ばかりも尻《しり》に敷いていたかのように、冷たく、こわばって、じんじん痛んだ。クライヴはそれを右手でさすり、腹の暖かさにあてがってみた。こういう感覚なのだろうか、ドーチェスター・ホテルのそばでタクシーを呼ぼうとしてモリーが感じたのは？　自分には看護してくれる同居人も、妻も、ジョージもいないのは救いというべきだろう。だがその代りは？　クライヴは横向きになって毛布を引き寄せた。療養所、娯楽室のテレビ、ビンゴ遊び、ちんちんを丸出しにして小便をたれたり、よだれを垂らしたりしている老人たち。耐えられない。朝になったら医者にかかろう。だが、医者にかかったモリーは検査送りにされたのだ。医者たちは狂気への下降を管理できても、それを阻止することはできない。それならやめだ。自分の衰えは自分で調べ、仕事をすることも尊厳をもって生きることもできなくなったら自らの手でけりをつけるのだ。だが、どうすればあの一線を越えずにいられよう、モリーがあっという間に達したあの一線、自殺をしようにもあまりに無力、あまりに狂気、あまりに低能になってしまう一線を？

ばかばかしい！　クライヴは起き直って手探りでベッドランプをつけ、できれば飲みたくない睡眠薬を雑誌の下からひっぱり出した。ひとつ口に入れて枕《まくら》に身をもたせ、ゆっくりと嚙《か》みしめた。まだ左手をさすりながら、まっとうな考えで気を落ち着けようとした。左手は寒気にさらしすぎただけ、それに疲れが出たのだ。人生でなすべきは仕事だ、叙情の極致を見いだして交響曲を完成させることだ。一時間前には重荷だったことがいまや慰めとなり、十分もするとクライヴはランプを消して横向きになった。仕事、仕事だ。湖水地方を歩こう。呪文《じゅもん》のような地名が心をしずめてくれた。ゾリア・リグ、ハイ・スタイル、ペイヴィ・アーク、スワーラ。ラングストラス渓谷を歩き、小川を渡ってスコーフェル・パイク方向に登り、アレン・クラッグズ経由で帰ってこよう。この周遊路はよく知っていた。高い尾根をざくざく歩くうち、すべては恢復《かいふく》し、視野もはっきりするだろう。

　仕事という鎮静剤を飲み下したのだから、もはや苦しい妄想はないはずだ。この考えもまた心地よく、睡眠薬の化学物質が脳に達しないうちに、クライヴは膝《ひざ》を胸に引き寄せ、眠りに解き放たれていった。固い山《ハード・ノット》、病の丘《イル・ベル》、冷たい峰《コールド・パイク》、貧しい岩《プア・クラッグ》、可哀想な《プア》モリー……

Ⅱ

i

珍しく朝方から仕事の手を止めたヴァーノン・ハリデイの脳裡《のうり》にくり返し浮かんだのは、自分は存在しないのではないかという考えだった。三十秒のあいだデスクについたまま、ヴァーノンは頭を指先でそっと触れて悩んでいた。二時間まえ『ザ・ジャッジ』のオフィスについてから、四十人の人間それぞれに大事な話をしてきた。ただ話しただけでなく、そのうち三十八の会話では、決定を下し、優先事項を選び、権限を委任し、選択を行ない、命令として了解されるべき意見を述べてきたのである。が、いつもと違って、このように権力を行使しても自己意識は高まってくれず、自分は無限に希薄だという気だけがした。自分は話を聞いてくれる人間の総体にすぎず、ひとりになれば何者でもない。孤独のなかで考えを求めても、そもそも考える人間がいないのだった。この椅子《いす》には誰もかけておらず、自分は細かく分解されてビル全体に拡散しているのだ。長いあいだ勤めてきた綴字《つづりじ》のできない編集部員が解雇されるのを防ぐため現在自分が手を打とうとしている六階のシティ・デスクから、駐車場の割り当てが幹部社員間で全面戦争となって編集長補佐をひとり解雇のきわに追いつめている地階に至るまで。この椅子には誰もいない、というのも自分はエルサレムに、下院に、ケープ・タウンやマニラに、全世界に埃《ほこり》のように撒《ま》きちらされているからだ。テレビやラジオに出演し、主教と会食し、石油業界人にスピーチを行ない、ヨーロッパ連合の専門家たちに講義をしているからだ。ほんの一時ひとりになると、スイッチが切れた。が、そのあとに続く暗闇《くらやみ》さえ、誰を呑《の》みこむわけでも妨げるわけでもなかった。この不在さえ、自分のものかどうか判然としなかった。

この不在の感覚はモリーの葬式いらい強まってきていた。内面まで侵しはじめていた。ゆうべは眠っている妻の横で眼を覚まし、自分がまだ肉体ある存在だということを確認するため自分の頬に手を触れてみなければならなかった。

ヴァーノンが社員食堂で幹部社員を数人さそってこの状態を打ち明けたなら、相手が不思議な顔もしないのに愕然《がくぜん》としたかもしれない。きわだった特徴のない男、欠点も長所もなく、完全には存在しない男としてヴァーノンはみなに知られていたのである。業界では、ヴァーノンは実体のなさゆえに尊敬されていた。『ザ・ジャッジ』の編集長になったいきさつは新聞業界の七不思議で、不可解な上にも不可解な話としてシティのワインバーで何度となく取り沙汰《ざた》されてきた。その昔、ヴァーノンは地味で勤勉な補佐役として二人の才走った編集長を支え、味方も敵も作らないことにかけて天才を示した。

ワシントンの特派員が病気になったとき、ヴァーノンが代理に派遣された。着任して三か月目、ドイツ大使主催のディナーで、ある国会議員がヴァーノンを『ワシントン・ポスト』の記者と間違えて大統領の不祥事を洩《も》らした。大統領は納税者の金でひそかに大幅な植毛を行なっていたのである。世間の見るところ、「パテゲート事件」――ほとんど一週間のあいだアメリカの国内政治を席巻《せっけん》したスキャンダル――は『ザ・ジャッジ』のヴァーノン・ハリデイによってもたらされたのだった。

その間にロンドンでは、重役会の干渉に対して血みどろの戦いが行なわれるなかで才能ある編集者がつぎつぎ討ち死にしていた。ヴァーノンの帰国は経営方針が急転換したのと同時期だった。社内にはぶった斬《ぎ》りにされた巨人たちの手足や胴体がごろごろしていた。重役会議の手先ジャック・モービーも、権威ある高級紙を思いきって大衆化できないでいた。残された選択肢はヴァーノン以外になかった。

ヴァーノンはデスクについて頭をそっともんだ。最近ヴァーノンは、不在を抱えて生きるすべが身についてきたのを実感していた。もはやあまりよく思い出せないもの――自己――が失われたのを長いこと悲しんでもいられないというわけか。考えすぎといえばそれまでだが、そんな思いが数日のあいだ続いていた。そしていま、肉体面でも症状が出はじめていた。頭の右半分に、頭蓋骨《ずがいこつ》と脳内にわたるような、なんとも言いがたい感覚があった。あるいは、これまで日常的に慣れきって意識しなかった感覚が突然とぎれたのだろうか、雑音が止《や》んだ瞬間にそれが意識されるように。ことの始まりは正確に思い出せた。おととい の晩、ディナーのテーブルから立ち上がったときだ。翌朝起きたときもその感じはあり、とぎれなく、名付けがたく、冷たいとかきついとか空洞とかではなくそれら全《すべ》ての中間だった。死んだというのが近いだろうか。右脳が死んだ感じ。ヴァーノンは多くの死者を知っていたから、現在の人格喪失の状態ではみずからの最期《さいご》をも一平凡事として思い描けた——そそくさと埋められるか焼かれるかして、ちょっとばかり悲しまれ、それもまもなく人生に押し流されてゆく。自分はもう死んでいるのかもしれない。一方、それと相反する考えも根強く浮かんでくる。必要なのはこめかみを中型のハンマーで二、三度ぶっ叩《たた》くことだけなのかもしれない。ヴァーノンは引き出しを開けた。金属定規があったが、これは『ザ・ジャッジ』の売れ行きを回復できなかった四人目の編集長モービーのものだ。ヴァーノン・ハリデイは五人目になるつもりはなかった。定規を右耳の上方数インチまで持ち上げたとき、開いているドアにノックがあって秘書のジーンが入ってきたので、ぶっ叩くかわりにそっと引っかくしかなかった。

「記事リストです。二十分で」ジーンは用紙を一枚はがしてヴァーノンに渡し、残りを会議用のテーブルに置いて出ていった。

ヴァーノンはリストをチェックした。国際面では、ディベンが「ガーセニー、ワシントンで成功」を書いている。この記事には疑念か悪意を含ませる必要がある。もし本当の成功なら、一面に載せることはないわけだ。国内記事のリストでは、ウェールズの大学で実験中の反重力装置について、遅れに遅れていた記事を科学部デスクが書いている。話題になりそうだったからヴァーノンが取材を命じたのだが、なんとなく想像していたのは靴底につけるようなちょっとした装置だった。実際のところ、装置は重さが四トンあり、九百万ボルトの電圧が必要で、しかも動かなかった。しかし、とりあえず一面の下の方に載せるつもりらしい。もうひとつ国内で「ピアノ・カルテット」の記事――ピアニストに四つ子が生まれたのだった。副編集長、特集部員たちと国内部全員がこれに反対だったが、連中は上品ぶっていると思われたくないので現実主義を装《よそお》っていた。もう四つ子など珍しくないし、母親は有名でないし、そもそも美人でもなくマスコミに会いたがらないからだめだというのだ。ヴァーノンはそういう批判を抑えつけた。先月のABC調査値は先々月より七千部低下していた。時間切れが迫っている。載せるべきかどうか検討中のものに、尻《しり》のところでくっついたシャム双生児――片方の心臓が弱くて切り離せないのだ――が地方自治体に就職した話があった。「この新聞を救うつもりなら、みんな手を汚さなければならないんだ」と、ヴァーノンは朝の編集会議で繰り返した。みんなうなずいたが、誰も分かっていなかった。古株の編集幹部たち、「文法連」に言わせれば、『ザ・ジャッジ』の浮沈は知的誠実さを貫けるかどうかにかかっているのだった。そういう考えに安住していられたのは、ヴァーノンの先任者たちは別としてクビになった者がいなかったからである。

デスクやデスク代理がぞろぞろ入ってくると同時に、扉口《とぐち》からジーンが電話を取れという合図をした。重要な相手らしく、唇の動きで名前を伝えようとしている。ジョージ・レイン、と唇は言っていた。

ヴァーノンは一同に背を向けて、葬式でレインを避けたことを思い出した。「ジョージ。感動的な式だったよ。いずれ電話しようと……」

「ああ、うん。実は掘りだしものがあるんだ。見てもらいたい」

「どんな？」

「写真だ」

「バイク便で送ってもらえる？」

「そりゃだめだよ、ヴァーノン。大変なものなんだ。いますぐ来られないか？」

ジョージ・レインに対するヴァーノンの軽蔑《けいべつ》は、すべてモリーが原因でもなかった。レインは『ザ・ジャッジ』の株を一・五パーセント持っており、ジャック・セービーの失脚とヴァーノンの昇進につながったテコ入れの資金も提供していた。そのことでヴァーノンに貸しがあるつもりでいるのだ。それにジョージは新聞のことをなにも知らない。だからこそ、全国紙の編集長が午前十一時半にふらふらとオフィスを出てホランド・パークまでロンドンを横切っていけるなどと考えられるのだ。

「いま、ちょっと忙しいんだが」

「おい、特別に見せてやろうというんだぞ。『ニューズ・オヴ・ザ・ワールド』が人殺しをしてでも手に入れたがるようなのを」

「今夜九時過ぎなら行けるよ」

「分かった。じゃ、それで」とジョージは不機嫌に言って電話を切った。

会議用テーブルを囲む椅子はひとつを除いてすでに埋まっており、ヴァーノンがその椅子に腰を降ろすとざわめきは低まった。ヴァーノンはこめかみに触れてみた。こうして人に囲まれ、仕事に戻ってみると、内面的不在感はもう苦しくなかった。昨日の新聞が目の前に広げてある。ヴァーノンはほぼ静まった面々に向かって言った。「環境問題の論説を編集したのはだれ？」

「パット・レッドパスです」

「うちの新聞では、『希望的に』と言うのは文修飾の副詞じゃないし、これからもそうはしない。特に論説ではご免こうむる。それから何も……」ヴァーノンは効果を出すためにゆっくりと一語一語発音しながら、論説をざっと読みかえすふりをした。「『何も《ナン》』はふつう単数扱いだ。このふたつ、みんなに徹底してもらいたいんだが？」

賛同の雰囲気がテーブルに広がるのが分かった。こういう種類のことを文法連は聞きたいのだ。連中は一丸となって、この新聞の語法を純粋に保ちつつ墓場に送り込むだろう。

嬉《うれ》しがらせを済ませたヴァーノンは先を急いだ。ヴァーノンが行なったなかで珍しくうまくいった改革、おそらくこれまで唯一《ゆいいつ》の成功例として、毎日の会議が四十分から十五分に減ったが、そのためにいくつかのルールが慇懃《いんぎん》かつ強硬に導入された。反省には五分以上かけない――済んだことは済んだことだ。ジョークだとか、特に長々とした噂《うわさ》話《ばなし》は厳禁。編集長がそういうことをしない以上、ほかの誰もできなかった。ヴァーノンは国際面を開けて眉《まゆ》をひそめた。「アンカラで陶器のかけらの展示？　これがニュースかい？　それも八百語？　どういうことなんだ、フランク」

国際部デスク代理のフランク・ディベンが、いくぶんからかい気味に説明した。「それはですね、ヴァーノン。この展示はわれわれの理解に決定的なパラダイム・シフトを起こすわけですよ、初期ペルシア帝国の……」

「こわれた壺《つぼ》のパラダイム・シフトなんぞニュースじゃないよ、フランク」

ヴァーノンの脇《わき》にかけている副編集長のグラント・マクドナルドがなだめにかかった。

「いや、これはね、ジュリーがローマから送信してこなかったんだ。で、そのスペースを……」

「困るね。いったいどうしたんだ？」

「Ｃ型肝炎で」

「じゃあAP通信は？」

ディベンが口を出した。「こっちのほうが面白かったんです」

「そりゃ違うよ。話にならないね。『タイムズ文芸付録《TLS》』だって載せやしないよ、こんなもの」

つづいて今日の記事が取り上げられた。デスクたちが順番に記事リストを要約した。順番がくると、フランクは自分の書いたガーモニーの記事を一面に載せるように主張した。

聞くだけは聞いてやって、ヴァーノンは言った。「あの男はブリュッセルにいるべき時にワシントンにいるんだ。しかもドイツを裏切ってアメリカと組もうというんだぞ。いっときは成功でも、長い目で見れば大失敗だ。ガーモニーはろくな内相じゃなかったし、外相としてはさらにひどいし、首相にでもなってみろ、この国は破滅だぞ——その可能性が日に日に高まっているんだ」

「ええ、まあね」フランクは同意したが、柔らかい口調の下ではアンカラの記事をけなされた憤怒《ふんぬ》がたぎっていた。「でもそれは論説でうかがいましたよ、ヴァーノン。問題なのは、われわれがこの協定に賛成かどうかじゃなくて、それが重要なものかどうかでしょう」

ヴァーノンは思いきってフランクをクビにしてやろうかと考えていた。この男は何なのだ、イヤリングなどつけて？

「その通りだよ、フランク」と、ヴァーノンは愛想よく言った。「われわれはヨーロッパにいる。アメリカの連中はヨーロッパでわれわれを必要としているんだ。この特別な関係が歴史というものだ。こんな協定は何の意味もない。だからこの記事は一面には載せない。といっても、ガーモニー攻撃の手はゆるめない」

一同は、ヴァーノンが文化部を犠牲にしてスペースを倍増させたスポーツ部の報告を聞いた。それから特集部デスクのレティス・オハラの番がきた。

「ウェールズの孤児院、もっと取材を進めますか」

ヴァーノンは言った。「客のリストを見たよ。うるさいお偉方が多い。まずいことになったら訴訟費用が馬鹿《ばか》にならない」

助かったという様子で、レティスはオランダの医療スキャンダルを追及する記事を命じたことを話しはじめた。

「明らかに、一部の医師が安楽死法をねじまげて……」

ヴァーノンはそれをさえぎった。

「金曜にシャム双生児の話を載せたいんだ」

うめき声が上がった。が、誰が最初に反対する？

レティスだ。「写真もないんですよ」

「今日の午後に誰かミドルズバラに行かせればいい」ぶすっとした沈黙があったので、ヴァーノンは続けた。「いいかい、双生児は地方衛生局の未来計画課なるところで働いているんだぞ。願ってもないようなネタじゃないか」

国内部デスクのジェレミー・ボールが言った。「先週話をしたときはOKだったんだ。それから電話がきてね。つまり、もうひとりの方から。別のほうの頭から。しゃべりたくもない、写真も嫌だって」

「まったく！」ヴァーノンは大声を出した。「分からないか？ それが話になるんだよ。双生児の喧嘩《けんか》だ。真っ先に知りたいことじゃないか――ふたりはどうやって議論を収めるか？」

レティスは憂鬱《ゆううつ》な顔になった。「嚙《か》み傷があるらしいです。両方の顔に」

「すばらしい！」とヴァーノンは叫んだ。「それは特ダネだぞ。金曜に頼む。三面だ。さて、次の話に行こう。レティス。この八ページ分の別刷チェス特集だ。はっきり言って納得できないね」

ii

三時間が過ぎてヴァーノンはまた独りになった。トイレで手を洗いながら鏡を見ていた。自分の姿はそこにあったが、完全には納得できなかった。例の感覚というか無感覚が、きつすぎる帽子のようにいまだ頭の右半分を占めていた。頭皮に指を走らせると区切れ目が分かった。その線をはさんだ右側の感覚は、左側の感覚と対称というより左側の感覚の影、ゴーストに過ぎないのだ。

ドライヤーの下に手をかざしているとフランク・ディベンが入ってきた。この年下の男は話をするためについてきたのだとヴァーノンは勘づいた。長い経験上、男性ジャーナリストは編集長のいるところでは排尿しにくいか、トイレでは顔を合わせないようにするかだと知っていたのである。

「ねえ、ヴァーノン」と、小便器の前に立ってフランクは言った。「今朝はすみませんでした。ガーモニーのことはおっしゃる通りです。ぼく、混乱していたんです」

ドライヤーから振りむいて国際部デスク代理が排尿するのを見せられたくはなかった

ので、ヴァーノンはもういちど湯の栓をひねった。じっさいディベンは大量に、ほとんど轟音《ごうおん》を立てつつ排尿していた。そうだ、自分が誰かをクビにするとすればフランクだ、大仰に水切りをしている、ほんの少し水切りが長すぎる、とうとうと謝り続けているこの男だ。

「ぼくの言いたいのは、ガーモニーを大きく扱わないのはまったく正しいということで」

飢えたる策士キャシアスか、とヴァーノンは思った。こいつはいずれ正式にデスクになり、それからおれの地位を狙《ねら》うだろう。

ディベンは洗面台に向かった。ヴァーノンは軽く肩を叩《たた》いてやった。許しのしるし。

「いいんだよ、フランク。会議では反対意見が聞きたいからね。それあっての会議じゃないか」

「そう言っていただけて嬉《うれ》しいです、ヴァーノン。とにかく、ぼくがガーモニーに甘いとは取られたくなかったんで」

こうして儀礼的にファーストネームを呼びあうことで会話は締めくくられた。ヴァーノンは安心しろというように笑ってみせて廊下に出た。ドアのすぐ外に、サインが要る書類の束を抱えてジーンが立っている。その後ろにジェレミー・ボール、その後ろに社長のトニー・モンタノ。ヴァーノンからは顔が見えないが、誰かもうひとり列に加わるところだった。編集長はオフィスに向かいつつ、歩きながら手紙にサインし、ジーンが一週間の予定を説明するのを聞いた。一同はぞろぞろとついてきた。ボールが言っていた。「ミドルズバラの写真だがね。車椅子《くるまいす》オリンピックのときみたいなトラブルは避けたいんだ。だから写真はできるだけ真面目《まじめ》なものに……」

「刺激的な写真が欲しいんだよ、ジェレミー。ふたりとも同じ週には会えないな、ジーン。それは具合が悪い。彼には木曜日にしてくれと言って」

「ヴィクトリア風に襟《えり》を正した写真を考えているんだが。品のある肖像を」

「アンゴラに行ってしまうんです。編集長にお会いしたあとヒースローに直行したいというんですが」

「ミスタ・ハリデイ？」

「品のある肖像なんぞいらん。死亡記事でもだ。どうやってお互いに噛《か》み傷をつけたか聞き出してくれ。分かった、出発前に会おう。トニー、駐車場のことかい？」

「あの男が出すといってる辞表の原稿を見たように思うんだ」

「ちょっとしたスペースがひとつ何とかなるんだろ」

「その手のことは全部やってみたよ。保守係長が自分のを三千ポンドで売ろうといってるんだが」

「センセーショナリズムの危険はない？」

「二箇所サインをお願いします。それから印のあるところにイニシャルを」

「危険なもんか、ジェレミー。危険どころか希望だよ。トニー、保守係長はそもそも車もないじゃないか」

「ミスタ・ハリデイ？」

「権利上あの男のものなんだ」

「五百ポンドでどうだと言ってくれないか。これで全部、ジーン？」

「そいつはどうもねえ……」

「主教に出すお礼状がタイプ中です」

「両方とも電話に出てるところは？」

「すみません。ミスタ・ハリデイ？」

「それじゃ弱いよ。話になるような写真が欲しい。手を汚すべきとき、だろ？　あのさ、使ってないんなら保守係長のスペースを取り上げればいいんで……」

「ストになるよ、前みたいに。端末が全部止まったじゃないか」

「オーケー。君が決めてくれ、トニー。五百ポンドか端末かだ」

「写真部から誰か呼んでくるから……」

「めんどうだ。ミドルズバラに直行するように言ってくれ」

「ミスタ・ハリデイ？　あなた、ミスタ・ヴァーノン・ハリデイですか？」

「あなたこそ誰です？」

みんなの声が止《や》んで、上着のボタンを無理に止めた黒いスーツ姿のやせて禿《は》げかけた男が人垣を分けて出てくると、ヴァーノンのひじを封筒で叩き、それをヴァーノンの手に握らせた。それから男は両足を踏ん張りなおし、両手で捧《ささ》げもった書類を棒読み口調で朗読した。「本状記載の法務裁判所より委任された権限をもって、わたくしは貴殿、ヴァーノン・シオボールド・ハリデイに上記裁判所の命令を伝達します。ロンドンNW1、ザ・ルークス13番、『ザ・ジャッジ』紙編集長の上記ヴァーノン・シオボールド・ハリデイは、本状によって禁止される物件（以後〝物件〟という）を発行し、ないしは発行させ、電子メディアその他の手段によって流布《るふ》ないし流通させ、書面によって記述し、ないしはかかる記述を印刷させ、またはこの命令の性質および条件を記述することは、これをしてはならない。上記物件とは……」

やせた男はページをめくりそこね、編集長、秘書、国内部デスク、国際部デスク代理と社長は執達吏のほうに身を乗り出して待った。

「……カールトン・ガーデンズ一番のミスタ・ジョン・ジュリアン・ガーモニーの写真による肖像、および銅版、鉛筆画、色彩画その他の手段による肖像であり……」

「ガーモニー！」

みんなが一斉にしゃべり出したので、二回り小さいスーツを着たやせた男の長広舌のしめくくりは聞こえなかった。ヴァーノンはオフィスに向かった。ガーモニーの肖像公開を一切差し止め？　ガーモニーのネタなど何も、まったく何もなかった。オフィスにつき、ドアをけとばして閉めると電話をダイヤルした。

「ジョージ。例の写真はガーモニーだな」

「君が来るまで何も言わない」

「もう禁止命令を出してきたぞ」

「大変な写真だって言ったろ。公益のため掲載なんていう君の論説が待ち遠しいね」

ヴァーノンが切ると同時にプライベート用の電話が鳴った。クライヴ・リンリーだった。ヴァーノンは葬式いらい会っていなかった。

「話があるんだが」

「クライヴ、どうもいまは困るんだ」

「うん、それはそうだが。会いたいんだ。大事な用で。今晩、仕事のあとではどう？」

旧友の口調にはどこか重苦しさがあって、ヴァーノンは断わりにくかった。それでも一応は言ってみた。

「とにかく大変な日で……」

「手間は取らせない。大事なことなんだ、本当に大事な」

「じゃあさ、今晩ジョージ・レインに会うんだ。途中で寄ろう」

「ヴァーノン、悪いけど頼むよ」

電話のあと二、三秒、ヴァーノンはクライヴの態度について考えた。おかしいくらいの哀願調で、妙に固苦しかった。明らかに何か恐ろしいことが起こったのであって、ヴァーノンは自分の冷たい対応が気になりはじめた。クライヴはヴァーノンの二度目の結婚が破局を迎えたときも親友としていたわってくれたし、ほかのみんなが時間の無駄だと反対するなか、編集長をやってみろと励ましてくれたのもクライヴだった。四年前、ヴァーノンがウィルス性の脊髄《せきずい》の奇病で寝ついたときも、クライヴはほとんど毎日やってきて、本や音楽やビデオやシャンペンを届けてくれた。そして一九八七年、ヴァーノンが数か月失職したとき、クライヴは一万ポンド貸してくれた。二年後、ヴァーノンはクライヴがそのために銀行から借金していたことをふとしたきっかけで知った。そして今、親友が助けを求めているときに、自分は豚のようなふるまいに出たのだ。

改めてかけてみたが応答はなかった。もう一度ダイヤルしようとしていると、社長が顧問弁護士と一緒に入ってきた。

「君、ガーモニーのネタをなにか隠しているな」

「冗談じゃないよ、トニー。こりゃあれだな、何かがばれそうになってガーモニーがパニックになったんだ。ほかの社にも命令書が出たか調べないと」

弁護士が言った。「調べたよ。出ていない」

トニーが疑いの眼を向けた。「本当に知らないのかい？」

「知るもんか。青天の霹靂《へきれき》だよ」

こういった疑わしげな質問がくり返され、ヴァーノンもくり返し否定した。

部屋を出がけにトニーは言った。「相談なしに動いたりしないでくれよ、なあ、ヴァーノン？」

「動きやしないさ」と答えてヴァーノンはウィンクした。ふたりが出ていったのでさっそく電話に手を伸ばし、クライヴの番号をダイヤルしようとした瞬間、外のオフィスで騒ぎが起こった。ドアがすごい勢いで開くと女が一人飛びこんできて、その後から入ってきたジーンが編集長への合図に眼玉を天井に向けてみせた。女はデスクの前に立ってすすり泣いた。手にはくしゃくしゃの手紙が握られていた。字の綴《つづ》れない編集部員だった。何を言っているのか、全部は理解しづらかったが、何度もくり返される文句だけはヴァーノンも聞き取れた。

「助けてくれるって言ってたのに。約束したくせに！」

そのときは知るよしもなかったが、女が入ってくる前の一瞬こそ、ヴァーノンがその晩九時半にオフィスビルを出るまでに一人でいられた最後の時間だった。

iii

　クライヴの家について自分が一番好きなのは、クライヴがそこにずっと住みつづけてきたという点だ、とモリーは言っていた。一九七〇年、たいていの知り合いがまだ賃貸マンションにいて、最初のしめっぽい地下フラットを購入するまでにも数年の間があったころ、クライヴは金持ちで子供のない伯父から巨大な白漆喰《しろしっくい》の邸《やしき》を相続したのだが、邸の三階と四階には吹き抜けのスタジオがしつらえてあり、大きな北向きのアーチ窓からは延々と続いてゆくピッチ塗りの屋根の街が見下ろせた。時代の雰囲気と自分の若さ――クライヴは二十一だった――に合わせてクライヴは外壁を紫色に塗り、邸のなかは友人たち、ほとんどは音楽家で満たした。何人かの有名人が通り抜けていった。ジョン・レノンとヨーコ・オノが一週間泊まった。ジミ・ヘンドリックスは一晩泊まり、手すりが焼けた火事の犯人らしかった。七〇年代も後半になると、邸は落ち着いてきた。友人たちはまだ泊まりにきたが、せいぜい一晩か二晩で、床で眠るものもいなくなった。漆喰はクリーム色に戻され、ヴァーノンが一年間部屋を借り、モリーがひと夏過ごし、グランドピアノがスタジオに運びこまれ、本棚が作り付けられ、すり切れたじゅうたんの上に東洋の敷物が広げられてヴィクトリア朝の家具がいろいろと持ち込まれた。いくつかの古いマットレスを除けば運び出されたものはほとんどなく、モリーが好んだのはこのことに違いなくて、この家はひとりの大人の生活史、趣味の移り変わり、衰えてゆく情熱と増えてゆく財産の歴史そのものだった。最初に買ったウールワース百貨店の食器セットはいまだにアンティークの銀器と同じ引き出しにあった。イギリスやデンマークの印象派絵画と並べて壁に貼《は》られた色あせたポスターは、新人作曲家クライヴの名を高めた演奏会や歴史に残るロックコンサートのものだった——シーア・スタジアムのビートルズ、ワイト島のボブ・ディラン、アルタモントのローリング・ストーンズ。ポスターのなかには絵より高い値がつくものもあった。

八〇年代のはじめには、邸はまだ若い裕福な作曲家の住まいとなり——それまでにクライヴはデイヴ・スピーラーのヒット映画『クリスマス・オン・ザ・ムーン』の音楽を書いていた——機嫌がいい折に眺めると、陰気な高い天井からある種の格調がふり注ぐようで、チェルシーのロッツ・ロードで買ってきたがらくたともアンティークともつかない巨大なむくむくしたソファだの何だのにも品格が生まれるような気がした。精力的なハウスキーパーが管理をするようになると、堅実さはさらに強まった。半端《はんぱ》ながらくたも、すすを払われたり磨きこまれたりしてアンティークらしくなってきた。最後の下宿人も引っ越し、家のなかの静けさに職人技が感じられるようになった。クライヴは数年のうちにあわただしく二度の結婚を経験した。子供もなく、見たところ大した痛手も受けずに。密接な関係にあった三人の女は海外で暮らしていた。いま付き合っているスージー・マーセランはニューヨークにおり、こちらにきても長いこといたためしがなかった。歳月を重ね成功を収めたおかげでクライヴの人生は高級な目標に的がしぼられ、熱狂が失われて私生活は用心深くなった。インタビュアーやカメラマンはもう招き入れられず、クライヴが友人や恋人やパーティのつきあいのあいまに楽曲の唐突で大胆な導入部をものしたり、まるまるひとつの歌曲さえ書いたりした時代は遠い過去となっていた。開放された家はもはやなかった。

　が、ヴァーノンはいまでもこの家にくるのが楽しみだった。なんといっても自分はかなりの部分ここで大人になったのである。ガールフレンドだとか、何種類ものドラッグの狂乱の夜だとか、家の裏手の小さな寝室で一晩じゅう精を出したとかいう懐《なつ》かしい思い出しかなかった。タイプライターとカーボンコピーの時代だ。この今でさえ、タクシーを降りて玄関へと階段を上ってゆくと、ほんの名残りではあっても、近ごろ決して味わうことのなかった純粋な期待の感覚、何が起こってもおかしくない気持が甦《よみがえ》ってきた。

　クライヴがドアを開けたとき、ヴァーノンの眼には、落胆や危機をはっきり示すようなものは映らなかった。ふたりの友は玄関で抱きあった。

「冷蔵庫にシャンペンがあるよ」

クライヴがボトルとグラスを二つもってきて、ヴァーノンはその後から階段を上がった。家には閉ざされた雰囲気があって、クライヴが一、二日外出していないのが察せられた。半開きのドアから見える寝室はひっくり返っていた。クライヴは仕事にかかりっきりになるとハウスキーパーに入ってこないよう頼むことがあった。スタジオのありさまがその印象を裏付けていた。五線紙が床を覆《おお》い、汚れた皿やカップやワイングラスがピアノやキーボードやときどきオーケストレーションに使われる中型コンピュータの周りにちらかっている。空気は何度も呼吸されたかのようにこもって湿った感じだった。

「散らかっててすまない」

ふたりは一緒に本や紙を肘掛《ひじか》け椅子《いす》からどけ、腰を下ろしてシャンペンと雑談に取りかかった。クライヴはモリーの葬式でガーモニーに会ったことを話した。

「ほんとに外務大臣が『消えな《ファック・オフ》』と言ったの？」ヴァーノンは聞いた。「ゴシップ欄で使いたかったたな」

「だな。ぼくは誰の邪魔にもならないようにしてるんだが」

ガーモニーが話題になったので、ヴァーノンは今朝ジョージ・レインと二回話したことを語った。まさしくクライヴに受けるタイプの話なのに、クライヴは写真や禁止命令にはまったく興味をみせず、半分しか聞いていないようだった。ヴァーノンが話し終えるとクライヴはすぐ立ち上がった。そしてふたりのグラスを満たした。話題の転換を告げる沈黙が重苦しかった。クライヴはグラスを置いてスタジオの向こうに歩いてゆき、左の手のひらを静かにもみほぐしながらゆっくりと戻ってきた。

「モリーのことを考えていたんだ」と、ついにクライヴは言った。「彼女の死に方、あの早さ、無力さ、あんなふうには死にたくなかっただろう。前にも話したことだけど」

クライヴは言葉を切った。ヴァーノンは一口飲んで待った。

「つまり、こういうことなんだ。最近、ちょっと怖いことがあって……」ヴァーノンにさえぎられないよう、クライヴは先回りして声を大きくした。「おそらく何でもないんだ。ほら、夜のあいだに冷汗をかいて、朝になったらばかばかしく思えるような。まあ、そのことはいいんだ。ほぼ確実に何でもないんだ。だけど、頼みごとをしたって損はないからね。仮にの話だよ、ぼくがモリーみたいに大病をして、頭をやられてひどいミスをするようになったら、つまり、判断に間違いが出たり、ものの名前も自分が誰かも思い出せないようになったり、そういうふうなね。それを終わらせてくれる人間がいると分かっておきたいんだ……つまり、ぼくを死なせてくれる人間が。特に、ぼくが自分の決心では動けなくなったときに。ぼくの言うのはこういうことだ——いちばん古い友人として君に頼みたいんだが、君から見てそうするのが正しいと思える段階にぼくが達したら、ぼくを助けてもらえないか。ぼくらができればモリーを助けたかったように……」

クライヴの言葉がとぎれたのは、グラスを上げたままじっとこちらを見つめ、酒を飲む途中で凍りついたようになっているヴァーノンに少し気後れしたからだった。クライヴは大きな音で咳払《せきばら》いした。

「妙な頼みなのは分かってる。それにこの国では違法行為だし、法を犯してくれというわけじゃないんだ。もちろん、OKしてくれるとしての話だけど。でも方法はあるし、合法化されている土地もあるから、なんならぼくを飛行機で連れていってほしい。重大な責任だから、こんなことは君のような親友にしか頼めない。ひとつだけ言えるのは、ぼくはパニック状態でも何でもない。よくよく考えたうえだ」

それから、まだヴァーノンがひとことも発せずまじまじと自分を見つめているので、クライヴはいくぶん気まずい思いで付け加えた。「まあ、そんなわけだ」

ヴァーノンはグラスを下ろして頭をかき、そして立ち上がった。

「何が怖かったのかは話したくないんだね？」

「絶対に」

ヴァーノンは腕時計を見た。ジョージとの約束に遅れている。「そうだなあ、それは相当な頼みだよ。少し考えてみないと」

クライヴはうなずいた。ヴァーノンはドアの方に行き、階段を降りていった。玄関でふたりはまた抱きあった。クライヴがドアを開け、ヴァーノンは夜のなかに踏み出した。

「とにかく考えてみないと」

「そうだね。来てくれてありがとう」

ふたりとも心の中では、この頼みの性質――その親密さと、互いの友情への自意識的考察――ゆえに気まずくからみ合った感情をほぐすにはこれ以上言葉を交さずに別れるのが一番だということに気づいており、ヴァーノンはタクシーを探しに早足で通りを歩いてゆき、クライヴは階段を上がってピアノへと戻っていった。

iv

ホランド・パークの邸《やしき》のドアを開けたのはレイン本人だった。

「遅いぞ」

ジョージは編集長を呼びつけた新聞王の役を試しているのだと考えて、ヴァーノンは謝るどころか返事さえもせず、招待主のあとから明るい玄関を横切って居間に入った。有難いことに、モリーのことを思い出させるものは何もなかった。いつかモリーに聞いたとおり、部屋はバッキンガム宮殿のスタイルだった。分厚い辛子色の絨緞《じゅうたん》、くすんだピンクの大きなソファ、蔦《つた》と渦巻き模様を浮き彫りにした肘《ひじ》掛《か》け椅子《いす》、芝生を駈《か》ける競走馬の茶色い油絵、田舎娘ふうに装《よそお》った貴婦人たちがぶらんこに乗っているフラゴナールの絵の複製が巨大なめっきの額縁におさめられ、裕福で空虚な空間全体がラッカー仕上げの真鍮《しんちゅう》の電灯でもってあまりに明るく照らされている。ジョージはガス式のまがい暖炉を囲うやたらに広い大理砕石張りの床に達し、こちらを向いた。

「ポートワインはどうかね？」

昼飯時のチーズとレタスのサンドイッチいらい何も食べていないのをヴァーノンは思い出した。そうでなければ、ジョージの成金趣味にこれほど腹が立つこともあるまい？　だいたい昼間の服の上にシルクのドレッシングガウンなぞはおって何をしているのだ？　これは底ぬけの馬鹿《ばか》だ。

「ありがとう。もらおう」

ふたりはシュウシュウいう暖炉をはさんで、ほとんど二十フィートも離れて座った。三十秒ひとりになれたら、暖炉の囲いまで這《は》っていって頭の右側を思いきりぶつけてやるのに、とヴァーノンは考えた。今やひとりでないというのに気分が変だった。

「ABCの数字を見たよ」ジョージは重々しく言った。「よくないね」

「減り方は少なくなっているよ」ヴァーノンは機械的な返答、ひとつ覚えの呪文《じゅもん》を口にした。

「減っているのに変わりはないぞ」

「こういうのは逆転するのに時間がかかるから」ヴァーノンはポートワインを味わい、ジョージの持ち株は一・五パーセントに過ぎないし新聞業のことは何も知らないのだと思い返すことで自衛した。もうひとつヴァーノンを心強くしたのは、ジョージの財産、出版「帝国」とやらの土台は頭の弱い連中を食い物にすることだという考えだ。聖書に隠された数字の暗号が未来を予言しているだの、インカ人は宇宙から来ただの、聖杯、約櫃《やくひつ》、キリスト再臨、第三の眼、第七の封印、ヒトラーはペルーで生きていただのと。そんな男にもっともらしく説教される方《ほう》こそいい面《つら》の皮だ。

「どうも、いま君の新聞に必要なのは大きな話題だね。ぱっと燃え上がって、ほかの新聞が必死で追いかけてくるような」

部数が減るのを止めるには部数が増えればいいんだ、か。それでもヴァーノンが表情を変えなかったのは、このお説教が写真を出す前置きなのを知っていたからだった。

ヴァーノンは前置きを飛ばさせることにした。「金曜の新聞には、地方自治体で働いてるシャム双生児の話題が……」

「ばかばかしい!」

うまくいった。ジョージは突然立ち上がった。

「そんなもの話題じゃないよ、ヴァーノン。単なるおしゃべりだ。わたしが話題を作ってやる。ジュリアン・ガーモニーが泡食って法学院を駆けずり回ってるわけを教えてやろうじゃないか! ついて来たまえ」

ふたりは廊下を戻り、キッチンを通り抜けて細い通路をゆき、突き当たりのドアのイェール錠をジョージが開けた。ジョージの結婚生活のややこしい決まりのひとつに、モリーは自分自身・自分の客たち・その他自分に関係のあるものを邸の一角に分離しておくというのがあった。そうすることで、モリーは友人たちがジョージの尊大さに笑いをこらえているのを見ずにすんだし、ジョージはジョージで、モリーがパーティに使う部屋を呑《の》みこむ乱脈さの津波から身を守ることができた。ヴァーノンはモリーの使っている部分を何度も訪れていたが、入るのはいつも外からだった。いまジョージがドアを押しあけると、ヴァーノンは緊張した。心の準備ができていなかった。できれば写真はジョージの使っている部分で見たかった。

薄暗がりのなか、ジョージが灯りのスイッチを探る数秒のあいだに、ヴァーノンははじめてモリーの死をずっしりと受け止めた──彼女がいないというあからさまな事実を。この認識をうながしたのはヴァーノンがすでに忘れはじめていた昔なじみの匂《にお》いだった──彼女の香水、煙草《たばこ》、寝室に置いてあるドライフラワー、コーヒー豆、クリーニングした衣装の焼きたてのパンのような暖かさ。モリーのことは詳しく話し合ったし、自分ひとりで考えもしたが、それは忙しい仕事の合間や眠りに落ちる前の断片的思考であって、今の今までは心からモリーの死を悼《いた》んだことも、モリーの姿を眺め声を聞くことができないという屈辱を感じたこともなかったのだ。モリーは自分の友、おそらくこれまでで最高の友だったのに、それがもういない。早くも涙に輪郭がぼやけたジョージの前で、どんな馬鹿なふるまいをしてもおかしくなかった。この特別なみじめさ、顔面のすぐ下の、口蓋《こうがい》上部の苦しいひきつり。子供時代いらい、小学校いらい絶えてない感覚だった。モリーへのホームシック。自己憐憫《れんびん》にしゃくりあげそうになるのを、ヴァーノンは大人がする大きな咳払《せきばら》いで隠した。

　部屋はモリーが出たときのまま、母屋《おもや》の寝室に監禁されてジョージに看病されることをモリーがついに受けいれた日のままだった。バスルームの前を通るとき、見覚えのあるスカートがタオル掛けにかけられ、タオルとブラが床に広がっているのが見えた。四半世紀以上前のこと、彼女とヴァーノンはセーヌ通りのちいさな屋根裏部屋で一年ちかく同棲《どうせい》した。いつもしめったタオルが床に広がり、決して閉めないたんすの引き出しから下着が滝をなし、大きなアイロン台は決して片付けられず、ひとつしかない手狭な衣装戸棚には、衣服がメトロの通勤客のように詰めこまれてはすかいに割りこみあっていた。雑誌、化粧品、銀行の明細、ビーズのネックレス、花飾り、ショーツ、灰皿、招待状、タンポン、LP、飛行機のチケット、ハイヒール――モリーの持ち物で部屋は足の踏み場もなく、ヴァーノンは自宅で仕事をするはずのときも通りのカフェで書くようになった。それでも朝になるとモリーはこの女らしい乱雑さの貝殻のなかからボッティチェリのヴィーナスのようにたおやかに起き上がり、もちろん裸ではなく一分のすきもない装いで、パリ版『ヴォーグ』編集部へ働きにゆくのだった。

「こっちだ」とジョージが言って、居間に入った。椅子の上に大きな茶封筒があった。ジョージが手を伸ばすあいだに、ヴァーノンはすばやく部屋を見回した。モリーがいつ入ってきてもおかしくなかった。床にイタリアの園芸の本が伏せられ、低いテーブルには灰緑色のカビが内側に生えたワイングラスが三つあった。ひょっとするとひとつは自分が使ったグラスだろうか。ヴァーノンは最後に来たときのことを思い出そうとしたが、いろいろ重なりあってはっきりしなかった。母屋へ移るべきかという問題がこの部屋で何度もじっくり話し合われたが、モリーは帰り道がないことを知っていて、それを恐れ抵抗していた。もう一つの選択肢は療養所だった。ヴァーノンや友人たちがホランド・パークにとどまるよう勧めたのは、慣れた場所のほうがよいだろうと考えてのことだった。なんという間違いだったろう。療養所の規則がどれほど厳しかろうと、ジョージに看護されるよりは自由だったはずだ。

ジョージはヴァーノンに椅子を指してみせ、写真を封筒から取り出す瞬間を存分に楽しんでいた。ヴァーノンはモリーのことを考え続けていた。精神が病んでいく間にも明晰《めい》《せき》な瞬間はあって、ジョージが邪魔していることなど知るよしもないモリーは友人たちが見舞いにこないのを見捨てられたと感じたのだろうか？　友人たちを恨んだとすれば、ヴァーノンこそ恨まれるはずだった。

ジョージは写真——八×十インチが三枚——を膝《ひざ》に伏せた。ヴァーノンの沈黙を焦《あせ》りのあまり口がきけないのだと解釈して、それを楽しんでいた。苦しみを増してやろうというので、ゆっくりと重々しく口を切った。

「最初にひとつ言っておく。どうしてこんな写真を撮ったのかは知らないが、ひとつだけ確かなことがある。ガーモニーの同意なしにこんなものは撮れない。レンズをまともに見ているからな。著作権はモリーのものだし、唯一《ゆいいつ》の遺産管理人であるわたしの所有権は確実だ。言うまでもないことだが、出どころは伏せてもらいたい」

ジョージは一枚とりあげて渡した。ぱっと見たところ光沢のある黒白というだけだったが、それから焦点が合って中距離クロースアップだと分かった。何ということだ。ヴァーノンはもう一枚に手を伸ばした。タイトにトリミングした全身像。三枚目は膝から上の像だった。一枚目に戻るころには、ほかの考えはとつぜん消え去っていた。それからまた二枚目と三枚目を眺め、それらをじっくりと見つめながら、いくつかの感情が次々と押し寄せては引いてゆくのを感じた。最初は驚き、それからこみ上げてくる歓喜。それを抑えていると椅子から浮き上がるような心地がした。次には責任の重さが感じられた――それとも権力の自覚だろうか？　ひとりの人間の人生、少なくとも公的人生が手中にあるのだ。ひょっとすると、自分はこの国の未来をよい方に向けられる立場にあるのかもしれない。そして新聞の売れ行きも。

「ジョージ」と、ヴァーノンはやっと言った。「これは慎重に考えてみないと」

v

三十分後ヴァーノンは封筒を手にしてジョージの邸《やしき》を出た。タクシーを止め、時計をセットして路肩に駐《と》めておくよう頼んで、数分のあいだ後部座席に身をもたせてエンジンの振動で気を静め、頭の右側をもみほぐしながら、どうすべきかを考えた。そうしてやっと、サウス・ケンジントンまで行くように言った。

スタジオには灯りがともっていたが、ヴァーノンはベルを鳴らさなかった。階段のてっぺんでメモを書いたが、最初に読むのはハウスキーパーだろうと考えて言葉づかいをぼかした。四つ折りにして玄関のドアの下から押し込むと、待たせてあるタクシーに早足で戻った。「OK、ただしひとつ条件がある。君も同じようにしてくれること。V」

Ⅲ

i

クライヴが思ったとおり、メロディはロンドンとスタジオに留まっている限り捉《とら》えられなかった。努力は毎日したが――ちょっとしたスケッチも大胆な試みも――できるものといっては、あからさまであれうまく偽装されたものであれ、自作の引用でしかなかった。独自の書法による、独自の正統さをもった、独創性を証明する新鮮さのあるものはなにも湧《わ》き出てこなかった。毎日、努力を投げ出した後、クライヴはより容易で退屈な仕事にかまけ、それは例えばオーケストレーションに肉付けすることであったり、汚い原稿を清書することであったり、緩徐楽章の開始を知らせる短調の解決和音が移行してゆく箇所を工夫することだったりした。八日間のあいだに三つの用事が均等に割りふられて、湖水地方への出発を遅らせた。数か月前に、資金集めのディナーに出ると約束したこと。ラジオ局に勤める甥《おい》からのたっての頼みで五分話すのを承知したこと、それに地元の学校での作曲コンテストの審査員をつい引き受けてしまったこと。おまけにもう一日延ばさなければならなかったのはヴァーノンが会いたいと言ってきたためだった。

その間、仕事をしていないときは、クライヴは地図を調べ、リキッド・ワックスをウォーキング用のブーツにすりこみ、装備を点検した――冬の山歩きには重要なことだ。自由な芸術家の権利を標榜《ひょうぼう》することで約束を取り消すこともできたろうが、クライヴはそんな傲慢《ごうまん》さを憎んでいた。友人たちの多くは適当と見たときには天才カードを出して、一部の人間にどんな迷惑をかけようとも結局は崇高な天職の厳しさに尊敬を増すことになるという信念のもとに、いろいろな会合をさぼっていた。こういうタイプ――最悪なのはなんといっても小説家だ――は友人や家族を瞞着《まんちゃく》し、自分たちの仕事時間のみならず、居眠りだの散歩だの、不機嫌や憂鬱《ゆううつ》や泥酔の発作までが高尚な意図という免罪符を帯びていると信じこませている。無能を隠す仮面だ、というのがクライヴの意見だった。この天職が崇高であることは疑えないが、そこに行儀の悪さは含まれない。おそらくあらゆる世紀にひとりふたりの例外はあるだろう。ベートーヴェンがそうだ。ディラン・トーマス、**冗談じゃない**。

仕事が停滞しているとは誰にも言わなかった。短い徒歩旅行に出ると言ってあった。じっさい、自分ではぜんぜん行き詰まっていると思わなかった。時には仕事がきつくて、経験上もっとも効果がある手を打たねばならないこともあるのだ。そこでクライヴはロンドンに留まり、ディナーに出席し、ラジオに出演し、賞を審査し、生まれてはじめてヴァーノンと深刻な対立を生じた。三月一日になってやっと、ユーストン駅でペンリス行きの列車に空いた一等車室を見つけたのである。

クライヴが長距離の列車旅行を好んだのは考えを落ちつかせてくれるリズムがあるからだった――ヴァーノンとの対立のあとでは、これこそが必要なのだ。しかし車室でくつろぐのはそれほど容易でなかった。暗い気分でホームに出たとき、左右の歩幅が違うような、一方の脚がもう一方より長くなったような感じがした。席について靴を脱いでみると、ぺたんこの黒いチューインガムが靴底の刻み目にべったり食いこんでいた。クライヴは嫌悪《けんお》に唇を歪《ゆが》め、列車が出たあとまでポケットナイフでつついたり切ったり掻《か》き出したりした。泥の膜の下でガムはまだ肉のように赤みを帯び、ペパーミントの匂《にお》いがかすかではあるが執拗《しつよう》に残っていた。なんと忌《い》まわしいことだろう、知らない人間の口の内容物と直接に接触するとは。ガムを嚙《か》んでおいてその場で吐き出す人間の底無しの野蛮さ。クライヴは洗面所から戻り、数分間むきになって読書用眼鏡を探したあげくに隣の席で見つけ、それからペンを忘れてきたことに気付いた。最後に窓外に注意を向けたときには、ふだんから世間に感じる嫌悪感がどっぷりとクライヴを浸し、通りすぎてゆく人工の風景には醜悪と無目的しか見出《みいだ》せなかった。

クライヴの西ロンドンの持ち家、自分のことさえかまっていればよい生活では、文明とは全《すべ》ての芸術の集積であり、そこにデザイン、料理、よいワイン等々を加えたものであると考えるのも容易だった。しかし今になってみると目の前こそが現実のようだった

――何平方マイルという安っぽい現代住宅の主な役割はテレビアンテナや衛星のパラボラを支えることのようで、工場はテレビで宣伝される下らないがらくたを製造し、さびれた駐車場にはそれを届けるトラックが列をなし、ほかのあらゆる場所は道路と交通地獄。まるでどんちゃん騒ぎのディナー・パーティの翌朝だ。こんなパーティを望んだ客はいないが、誰も招きを受けたわけではない。誰もこんなものを計画しなかったし望みもしなかったが、大抵の人間はそこで暮らすほかないのだった。何マイルも何マイルもそれを眺めたあとでは、親切心や想像力、パーセルやブリテン、シェイクスピアやミルトンがかつてこの世にあったことを誰が信じられよう？　列車がスピードを増してロンドンからそれてゆくにつれて、ところどころ田園とともに美の芽生えないしは名残りが姿を現したが、それらも数秒のうちに変じて、流れをまっすぐに矯正されてコンクリートの放水路となった川や、生垣も木もなく唐突に広がる荒漠たる農地が現れ、そして道路、新しい道路が恥じらいの色もなく延々と伸びてゆく様子はとにかくここから逃げ出そうとしているようだった。この地上で自分たち以外の生命を守り育てることにかけては、人類の計画は失敗であるだけでなく、そもそもの初めから間違っていたのだ。

誰かが悪いとすればそれはヴァーノンだ。この路線は何度も利用してきたが、景色が憂鬱に思えたことなどなかった。チューインガムや忘れたペンのせいにはできない。昨晩の口論がまだ耳のなかでこだましており、それが山の中まで追いかけてきて平安を乱すのではないかと心配だった。今クライヴにつきまとっているのは単なる意見の衝突とは言いがたく、友人の行動に対する深まりゆく幻滅、ヴァーノンのことを実は全く理解していなかったという強まりゆく感覚なのだった。クライヴは窓から目をそらした。つい先週、あの友人に尋常ならざる親密な頼みを託したというのに。あれは何という間違いだったろう、ことに今となっては左手のあの感じが全くなくなったのだから。あれはモリーの葬式のせいで起きたばかげた不安に過ぎなかった。しかしあの晩、自分はなんと無防備だったろう。ヴァーノンが同じことを求めてきたのは何の慰めにもならず、要するに向こうにとってはなぐり書きのメモをドアから押し込めばことは足りたのだ。あれが象徴的に表わしていたのはおそらくふたりの友情における一種の……そう、不均衡なので、この不均衡はいつでも存在したし、クライヴも心のどこかで気付いていたものの、さもしいことを考えるのがいやさにいつも無視してきたのだった。今までは、だ。そうだ、ふたりの友情にはある偏《かたよ》りがあって、それを考えてみればゆうべの口論も驚きの度合が少なくなった。

たとえばその昔、ヴァーノンは一年のあいだ部屋を借りておきながら一度も家賃を払おうとしなかった。それだけでなく、そもそもこの年月のあいだ友情の旋律を提供してきたのはヴァーノンよりもクライヴではなかったか——すべての意味で？　ワイン、料理、住まい、音楽家その他の興味深い付き合い、ヴァーノンが愉快な連中と一緒にスコットランドや北ギリシアの山地やロング・アイランドにある貸し別荘に泊まれるようにしてやったこと。ヴァーノンが面白そうなことを提案し手配したことがあったか？ クライヴが最後にヴァーノンの家に招かれたのはいつだろう？ たしか三、四年前だ。困っているヴァーノンを助けるために多額の借金をしてやった友情にちゃんと感謝してくれたことがないのはなぜだ？ ヴァーノンが脊髄《せきずい》を患《わずら》ったとき、クライヴはほとんど毎日見舞ってやった。クライヴが家の前の舗道で転んで足首を折ったとき、ヴァーノンは『ザ・ジャッジ』の書評欄で使った三文小説の山からひとふくろ秘書に届けさせただけだった。

はっきり言ってしまえば、自分はこの友情から何が得られたというのか？ 与えはしたが、いったい何を与えられた？ ふたりはモリーを共有し、年月が重なるうちに友達づきあいが習慣となったが、その中心には何も、クライヴにとっては何もなかった。この不均衡に寛大な説明をつけるとすれば、ヴァーノンが消極的で自分のことで手一杯だったとでも言えよう。が、昨日あんなことがあったあとでは、こうした諸事情はより大きな事実——ヴァーノンが無節操な男だという事実の一部に過ぎないと思えてきたのだった。

窓外では、クライヴには見られずに、落葉樹の森が滑るように過ぎてゆき、葉の落ちた枝々がおりなす幾何学模様は霜の凍着によって銀色になっていた。さらに行くと、茶色く染まったスゲの間を一本の川がゆったりと流れてゆき、氾濫原《はんらんげん》の向こうでは寒々とした牧草地を石積みの塀が区切っていた。錆《さ》びついたような町のはずれでは広大な工場跡地が森に戻されるところで、プラスチックの鉢に植わった苗木がほとんど地平線まで続いており、地平線ではブルドーザーが地ならしをしていた。が、クライヴは向かいの座席に目を据え、親友づきあいの損得勘定を間違えていた自分を情けなく思いながら計算をやりなおすのに夢中で、知らぬ間にみずからの不幸というプリズムでもって過去を屈折させ色づけていた。時々は他の考えにそれたり本を読んだりもしたが、やはりこれこそがクライヴの北方行のテーマだった、ひとつの友情の執拗《しつよう》で精密な再定義こそが。

数時間後のペンリスで沈思を脱し、タクシーを探しに荷物を下げてホームを歩き出したときはさすがに解放された気がした。ストーンスウェイトまでは二十マイル以上あり、運転手との雑談に気を紛らせられるのが有難かった。週のなかばでシーズンオフだったから、ホテルの客はクライヴだけだった。前にも三、四度泊まった、書きもののできるテーブルがある唯一《ゆいいつ》の部屋を頼んであった。クライヴは寒さに構わず、荷を解くあいだに冬の湖水地方の空気が吸えるよう窓をいっぱいに開けた――泥炭質の水、濡《ぬ》れた岩、苔《こけ》むした地面。食事はバーでひとりきり、ガラスケースの中で獲物を狙《ねら》う姿勢のまま凍りついている剝製《はくせい》の狐《きつね》に見下ろされながら食べた。真っ暗闇《くらやみ》のなかホテルの駐車場を一周して建物に戻り、ウェイトレスにおやすみを言って小さな部屋に帰った。一時間ほど本を読んだあと暗闇に寝ころがり、水かさを増してごうごうと流れる谷川の音を聞いたのは、あの思いはいずれ戻ってくるのだから明日の山歩きに持ちこむより今のうちにつきあっておいた方がよいと分かっていたからだった。今、クライヴの心を占めているのは幻滅ではなかった。会話が想《おも》い出され、そこから思考が進んだ。実際に言われたこと、そして何時間も考え抜いた今にして言ってやればよかったと思うこと。これは回想であると同時に創作でもあった。クライヴはヴァーノンとの対話を想像したが、その中ではいい科白《せりふ》は全《すべ》てクライヴに与えられ、それら諦念《ていねん》と理性にあふれた響きのよい科白によるヴァーノンへの非難は、凝縮され感情を抑えられたものだけに一層厳しくて答えがたいものとなっていた。

ii

実際に起こったのはこういうことだった。ヴァーノンが昼まえに電話してきたのだが、その言葉づかいは一週間まえのクライヴにそっくりで、まるで意識的な引用、冗談めかした意趣返しのようだった。君と話したい、緊急の用件だ、電話ではいけない、会いたいのだ、今日でなくてはだめだ。

クライヴはためらった。その日の午後ペンリス行きの列車に乗るつもりだったのだが、やはりこう言った。「じゃあ待ってるよ。晩飯を作っておく」

クライヴは旅行計画を練り直し、地下室からいいブルゴーニュを二本もってきて、料理をした。ヴァーノンは一時間遅れてやってきたが、クライヴがとっさに受けた印象では親友の体重が減ったようだった。ヴァーノンの顔は細長くて髭《ひげ》が伸び、コートは数回り大きいようで、ワインを注いだグラスを受け取るためにブリーフケースを下ろしたときには手が震えていた。

ヴァーノンはシャンベルタン・クロ・ド・ベーズをビールのように飲み干して言った。

「ひどかった、実にひどかったよ、この一週間」もう一杯注げという格好でグラスを突き出し、クライヴはリシュブールから始めなくてよかったと思いながら注いでやった。「けさ三時間裁判所に詰めて、勝った。それで終わりと思うだろ。そうじゃないんだ、社員がみんな反対なんだ、ほとんど全員。社内はひっくり返ってる。今日の夕刊が出たのは奇蹟《きせき》だよ。いま組合が会合中だが、不信任案が通るのは確実だ。経営陣と重役会議は揺らいでないから、その点は助かった。デスマッチだよ」

クライヴが椅子《いす》を指すとヴァーノンはどすんと腰を下ろし、キッチンテーブルに両肘《りょうひじ》をつくと、顔をおおって泣き声で言った。「上品振りやがって、馬鹿《ばか》野郎ども。あのくそ新聞を救ってやろう、連中のしょんべん仕事を救ってやろうというのに。修飾語ひとつ間違えるくらいなら死んだほうがいいんだ。実世界に生きちゃいないんだ。飢えて死んじまえ、あんな奴《やっ》ら」クライヴはヴァーノンが何を言っているのかさっぱり分からなかったが、口は出さなかった。ヴァーノンのグラスはまた空になっており、クライヴはワインを注いでやってオーヴンから二羽の雛鶏《ひなどり》を取り出すため向きを変えた。ヴァーノンはブリーフケースを膝《ひざ》に乗せた。それを開く前に、ゆっくりと、気を鎮《しず》めるように息をつき、またシャンベルタンをぐっとやった。留め金をはずし、少しためらって、さっきより落ち着いた声で話しだした。

「これについて意見が聞きたいんだ。君とも個人的に関係があるし、多少は知っているとも思うんだが、それだけじゃない。君みたいに業界とかかわりがない人間の意見が聞きたいんだ。気が狂いそうだよ……」

最後の部分は独白のようにつぶやきながらブリーフケースを探り、ボール紙で補強した大きな封筒を取り出すと、そこから三枚の白黒写真を出した。クライヴはソースパンの火を切って腰を下ろした。ヴァーノンが手渡した最初の写真はプレーンな膝丈のドレスを着たジュリアン・ガーモニーで、モデル歩きのポーズ、腕をすこし体から張り出し、片足をもう片足の前に出して、膝をちょっと曲げている。ドレスの下の作り物の乳房は小さく、ブラのストラップが片方のぞいていた。顔はメイクしてあるがそう濃くはなく、もともと青白い肌がよく合っていて、情のない薄い唇は口紅で色っぽくふくらませてあった。髪は明らかにガーモニーのもので、短いくせ毛が横で分けてあり、全体の印象は小ぎれいでも自堕落でもあって、かすかに牛を思わせた。仮装とか、カメラの前でふざけてみたとかいうものではなかった。張りつめた自己陶酔の表情は、性的に興奮しているところをとらえられた男のものだった。レンズを見つめる強い視線はあからさまに誘惑的である。ライティングはソフトで巧みだった。

「モリーか」と、どちらかといえば独り言のようにクライヴが言った。

「ご名答」とヴァーノンは言った。飢えたような眼で反応を待っており、クライヴは考えを外に出さぬためにも写真を眺めつづけた。最初に感じたのは純粋な安堵《あんど》、モリーへの安堵だった。ひとつの謎《なぞ》が解けたのだ。モリーをガーモニーに近づけたのはこれだったのだ、ガーモニーの秘密、ガーモニーの弱さ、ふたりをより強く結んだに違いないガーモニーの信頼。モリーのやつ。いつも通り創造力と遊び心に満ちてガーモニーをそそのかし、下院が満たしてくれない夢へと誘おうとしたのであり、ガーモニーの方でもモリーには頼れることを知りたかったのだろう。病気があんなふうにならなかったら、写真は用心深く破棄したに違いない。女装は寝室外でも行なわれたのだろうか？　外国の街のレストランで？　遊びに出た娘ふたり。モリーなら方法を知っていたろう。衣装も場所も知っていたろうし、こんなひそやかな愉《たの》しみを愛しもしたはずだ、そのばかばかしさとセクシーさを。クライヴは自分がモリーをどれほど愛していたか改めて感じた。

「どうだい？」とヴァーノンが言った。

黙らせておくために、クライヴはもう一枚に手を伸ばした。今度は頭から肩までのショットで、ガーモニーのドレスはよりつややかに女性的だった。短い袖《そで》とネックのラインにはシンプルなレースの縁取りがあった。ひょっとするとランジェリーだろうか。効果は前ほどよくなくて、下にひそむ男のからだを完全に暴露すると同時に、他のものになりたいという望みの不可能さを哀れにも透かし見せていた。術を尽くしたモリーのライティングも、大頭の張りだした顎骨《がっこつ》や喉仏《のどぼとけ》のふくらみを消せないでいた。実際の外見と夢想の外見とは相当にへだたっていたろう。写真は滑稽《こっけい》なはずだったし、じじつ滑稽でもあったが、クライヴはいくぶん畏《おそ》れを覚えた。われわれは互いのことをほとんど知らないのだ。人格というものは氷山のように大部分が隠れていて、水面に現れて目に見える世間的自我は冷たく取りすましたものに過ぎない。この写真は波の下を捉《とら》えた珍しいもの、それが映し出すのはひとりの人間の私生活と苦悩とであって、ガーモニーの威厳をくつがえしているのは純粋な妄想の力、還元しえない人間的要素なのだった――精神、という。

クライヴはこれまでで初めて、ガーモニーに対して愛情を感じるとはどんなことだろうと考えた。モリーがいなければ思いもよらない考えだった。三つめの写真ではガーモニーは肩の張ったシャネルのジャケットを着て目を伏せていた。自己を映す精神のスクリーンではガーモニーはおとなしくてものにしやすい女だったが、傍《はた》からみて現れているのは尻込《しりご》みだった。しゃきっとしろよ、男だろ。カメラを見つめ、堂々となり切ってこっちを向いているほうが見栄《みば》えがした。

「どう?」ヴァーノンはしびれを切らしていた。

「大したもんだ」

クライヴは写真を返した。図像が視野にあっては明晰《めいせき》に考えられなかった。「つまり、君はこれを載せまいとしてがんばってるんだね」

これはからかいでもあり、冗談でもあり、考えを口にするのを遅らせたいという願いでもあった。

ヴァーノンはあっけにとられて相手を見つめた。「気でも狂ったのか？　こいつは敵なんだぜ。さっき言ったろ、禁止命令を破棄させたって」

「そうだった。すまない。よく分かってなかった」

「来週掲載しようと思うんだ。君はどう思う？」

クライヴは椅子の背を傾けて頭の後ろで手を組んだ。「そうだね」と慎重に言った。

「君のスタッフが正しいと思う。恐ろしい思いつきだよ」

「というと？」

「やつを破滅させることになる」

「そりゃそうさ」

「いや、つまり一個人としても」

「ああ」

気まずい沈黙があった。反対する理由がどっとばかりに浮かんできてひとつにまとまらないようだった。

ヴァーノンは空のグラスを差し出して、ワインを注がせながら言った。「どういうことだい。あいつは純然たる害毒じゃないか。君だって何度もそう言ったろ」

「いやなやつだ」とクライヴは同意した。

「十一月に政権交代を狙《ねら》うらしいぜ。あんなのが首相になったらこの国は破滅だ」

「ぼくもそう思う」とクライヴは言った。

ヴァーノンは両手を広げた。「な？」

クライヴが天井のひび割れを眺めて考えをまとめているあいだ、また沈黙が流れた。ややあってクライヴは言った。「ひとつ聞きたいんだが。君は男が女の服を着ることはよくないと思ってるの？」

ヴァーノンはうめき声を上げた。態度が酔っぱらいに似てきていた。来るまえに一杯やったに違いない。「おい、クライヴ！」

クライヴは言いつのった。「君はむかし性革命を支持してたじゃないか。ゲイのために運動したじゃないか」

「何を言い出すんだ」

「上演禁止になりそうな劇や映画を支持したじゃないか。つい去年も、金玉に釘《くぎ》をぶち込んで裁判にかけられた白痴どもを弁護してたろ」

ヴァーノンは顔をしかめた。「ペニスだよ」

「こういう種類の性表現を弁護したいんじゃないのか？　ガーモニーがどんな罪を犯したというんだ？」

「偽善の罪だよ、クライヴ。死刑・体罰賛成論者で、家族復権主義者で、移民や弱者や外国人、マイノリティの敵じゃないか」

「筋違いだよ」クライヴは言った。

「筋違いなもんか。つまらんことを言うなよ」

「もし女装趣味がOKなら、人種差別論者がそうでもOKのはずだよ。OKでないのは人種差別論者であることだ」

ヴァーノンは憐《あわ》れみを装《よそお》って溜息《ためいき》をついた。「いいかい……」

しかしクライヴは勢いづいていた。「もし女装趣味がOKなら、家族復権主義者がそうでもOKじゃないか。もちろん人前でなしに。もし——」

「クライヴ！　まあ聞けよ。君は一日じゅうスタジオで交響曲の夢を見てるんだ。いま何が大事なのか分からないんだ。いまガーモニーを止めないで十一月に首相にならせたら、来年の選挙で連中が勝つんだぜ。また五年も！　いま以上に貧困層が増えるだろうし、刑務所に入れられる人間も、ホームレスも、犯罪も、去年みたいな暴動も増えるんだ。あの男は徴兵に賛成なんだぞ。環境だって悪くなるよ、地球温暖化防止協定にサインするよりも財界を喜ばせたい男なんだから。EUからも脱退したがってる。経済破綻《はたん》だよ！　君はかまわんだろうが」ここでヴァーノンは広々としたキッチンをぐるりと指してみせた。「ほとんどの人間にとっては……」

「気をつけろ」クライヴはうなった。「ぼくのワインを飲んでるんだぞ」そしてリシュブールに手を伸ばしてヴァーノンのグラスを満たした。「一本百五ポンドなんだから」

ヴァーノンはグラス半分をがぶりと飲んだ。「それこそぼくが言いたい点だ。君、中年になって小金がたまったから右傾してるんじゃないか？」

クライヴはあざけりにあざけりで応じた。「君、ことの真相を分かってるか？ 君はジョージの手先なんだ。あいつにけしかけられてるんだ。君は利用されてるんだぜ、ヴァーノン、それが分からないとは驚きだね。やつはモリーと付き合ったガーモニーを憎んでるんだ。ぼくや君が困るものを持ってれば、それだって利用するさ」そして付け加えた。「持ってるかもな。モリーに写真を撮らせなかった？ ダイバースーツか？ チュチュか？——読者に知らせる義務があるね」

ヴァーノンは立ち上がって封筒をブリーフケースに戻した。「君がはげましてくれると思って来たんだ。少なくとも共感して聞いてくれると思ってた。くそ面白くもない非難を聞きに来たんじゃないや」

ヴァーノンは玄関に出た。クライヴもついていったが、謝る気はなかった。

ヴァーノンはドアを開けて振り返った。薄汚れたみじめな様子だった。「どうも分からない」と静かに言った。「これって不公平じゃないか。何のためにそんなに反対するんだ？」

返事を期待した質問ではなかったろう。が、クライヴは友人に数歩近づいて言った。

「モリーのためだよ。ぼくらはガーモニーが好きじゃないが、モリーはガーモニーが好きだった。ガーモニーはモリーを信頼して、モリーはその信頼を尊重した。あの写真はふたりの秘密だよ。モリーの写真であって、ぼくにも君にも君の読者にも関係ない。モリーなら君のしていることに怒っただろう。はっきり言えば、君の行為は裏切りだ」

そしてクライヴはヴァーノンが腹いせにドアを叩《たた》きつけるまえに向きを変えて歩み去り、晩飯を食べにひとりキッチンに行った。

iii

ホテルの外、ごつごつした石壁を背にして長い木のベンチがあった。朝食をとったあと、クライヴはここに腰掛けて靴紐《くつひも》を結んだ。フィナーレの鍵《かぎ》となる要素はまだつかまらないが、その探究に関してクライヴにはふたつ大きな強みがあった。ひとつめは全体的な強み、つまり楽観的な見通しがある点だ。基礎的な仕事はスタジオですませてあったし、よくは眠れなかったものの、好きな景色のなかに戻ってきたことで気分が上向いていた。ふたつめの強みは具体的なことで、何がしたいのか正確に分かっている点だ。実際のところ今なすべきはこれまでの仕事をさかのぼることであって、なぜというに主旋律はすでに書いた部分のなかに断片やヒントの形であると思われたからだ。正しいものが頭に浮かびかけた瞬間、それと分かるだろう。完成した交響曲を初めて耳にする聴衆にとっては、メロディはスコアのどこか別のところで予言され発展してきたものと聞こえるだろう。その音を見つけることは霊感による統合行為となるだろう。いまは頭で分かっているのに耳にできない感じだった。メロディの魅惑的な甘美さと愁《うれ》いとは分かっていた。その単純さも分かっている。モデルとなるべきは確実にベートーヴェンの歓喜の歌だろう。最初の一節を考えてみよう――数歩上がって数歩下がる。童謡であってもおかしくない。何のてらいもなく、しかもあれほどの精神の重みを備えている。ウェイトレスが弁当をもってきたので、クライヴはそれを受け取るため立ち上がった。この使命の、そして自分の望みの高貴さ。ベートーヴェン。クライヴは駐車場の砂利に膝《ひざ》をついて、おろしチーズのサンドイッチをデイパックにつめた。

デイパックを肩にかけ、クライヴは谷に向けて歩き出した。夜のうちに温暖前線が湖水地方を通りすぎたので、木々や谷川沿いの草地からはすでに霜が消えていた。空を覆《おお》う雲は高くて一様に灰色であり、日光は明るく単調、道は乾いている。冬の終わりとしてはまず最高のコンディションだ。計算では陽があるのは八時間だが、夕方までに高地を離れて谷間に戻ってくれば懐中電灯で道が分かることも承知していた。つまりスコーフェル・パイクに登るだけの時間があるわけだが、エスク・ハウスにつくまでは決断を延ばしてもよかった。

最初の一時間かそこら、南に折れてラングストラス渓谷に入ったあとは、軽い気分にもかかわらず一人歩きの孤独が身を包むのが感じられた。白昼夢に迷いこまずにはいられなくて、誰かが岩陰に隠れて自分の命を狙《ねら》っている状況をことこまかに想像した。ときどき、クライヴは肩越しにふりかえった。よく単独でハイキングに出るので、この感じはよく知っていた。克服すべきためらいがいつでも存在する。意思を定め、本能と戦って、手近な人間、退避所、暖かさや手助けから離れてゆかねばならない。部屋や街路に合わされたふだんの距離感が突然巨大な空間に直面する。谷から立ち上がる巨大な岩壁は、大地が表情をけわしくしたようだった。渓流のうなりやとどろきは脅迫の声だった。萎《な》えた勇気とあらゆる本能とがクライヴに告げていた、このまま進む必要はない、馬鹿《ばか》げている、おまえは間違っている、と。

クライヴが歩き続けたのは、気の萎えと不安こそ自分が逃れようとしている状態——あるいは病気——であり、日課となった仕事——毎日何時間もあのピアノの上に背を丸め——ゆえに自分が縮みの状態に入ってしまったという証拠であるからだった。大きさを取り戻し、恐れをなくさねばならない。ここには人を脅《おび》やかすものはなく、本質的な無関心があるだけだ。もちろん危険はあるが、ありきたりで些細《ささい》なものだけだ。転んで怪我《けが》をするとか、道に迷うとか、天候の急激な変化、夜。そういうものに対処することで自律感覚が戻ってくるだろう。やがて岩山からは人間的な意味が洗い落とされ、風景は独自の美を獲得して自分を引き込んでゆくだろう。山々のはるかな歳月とそこに広がる生命の網目が、自分もその秩序の中ではほんの微々たる一部分にすぎないことを思いださせ、自分を解き放ってくれるだろう。

しかし今日は、この癒《いや》しのプロセスもいつもより時間がかかった。すでに一時間半も歩いたのに、目の前の岩陰に何がひそんでいるかと目をこらしつづけ、谷の向こうのほのぐらい岩と草原を漠然たる恐怖をもって見つめ、いまだにヴァーノンとの会話の断片に苦しめられていた。心労の些細さを教えてくれるはずの広大な空間は全《すべ》てのものを小さく見せてしまい、努力など意味がないように思えてきた。特に交響曲は。空威張り、大言壮語、音で山を築こうという呪《のろ》われた試み。刻苦勉励。なんのために？　金銭。名声。不滅。われわれ人間を大量発生させたこの世界のでたらめさを否定し、死の恐怖を遠ざけておくための手段。クライヴは靴紐を締めるため立ち止まった。しばらく行ってからセーターを脱ぎ、水筒からぐっと水を飲んで、朝食のときうっかり食べてしまった燻製《くんせい》ニシンの後味を消そうとした。気づいてみると欠伸《あくび》が出はじめ、小さい客室のベッドが恋しくなっていた。しかし、まさかもう疲れたということはあるまいし、ここに来るためにあれほど苦労したのだから今さら引き返すわけにはゆかない。

渓流を渡る橋のところで足をとめて腰を下ろした。心を決めねばならない。ここで橋を渡り、あっさり谷の左側を登ってステーク・パスに出てもいいし、谷のはずれまで出て、タング・ヘッドに向けて三百フィートかそこらの急傾斜をよじ登ってもいい。ほんとうは綱登りのような急傾斜は気が進まなかったが、心の弱さや年齢に負けた気がするのもいやだった。結局は渓流に沿って下っていくことにした——登攀《とうはん》運動がこの無気力を振り落としてくれるだろう。

一時間後、クライヴは谷のはずれで最初の急坂を前に立ち、さきの決断を後悔していた。強い雨が降りはじめていて、いま頭からかぶりつつある高価な防水具の説明書に何とあろうと、登攀の肉体的努力で体が過熱することは分かっていた。下の方にある滑りやすい濡《ぬ》れた岩のルートを避けて、上にある草の土手道を選んだが、案のじょう数分後には雨と一緒に汗が目に流れこみだした。これほどたやすく脈拍が上がったこと、三分か四分ごとに息をつくために立ち止まっていることが癪《しゃく》だった。この程度の登りは十分こなせるはずなのに。水筒から水を飲み、周りに誰もいないのをいいことに、困難な一歩を踏みしめるたびうんうん唸《うな》りながら進んでいった。

連れがいたなら、年は取りたくないもんだ、くらいな冗談は言ったかもしれない。しかし最近では、イギリスにいる親友でこういう衝動をもちあわせているものはなかった。知人の誰も、荒野などなしで十分幸せのようだった――田舎のレストラン、春のハイド・パーク、といったところで、あけっぴろげな空間は間にあっていた。連中に十分生きているなどという資格があるものか。熱く、濡れて、息を切らしながら、クライヴは草の生えた岩棚にやっとのことでよじ登って横になり、背中を雨に打たせながらほてった顔を草で冷やし、友人たちの退屈さ、生きる意欲のなさをののしった。連中にはうんざりだ。自分の状態を知るものはなく、知りたいとも思わないのだ。

五分間ばかり防水具の生地を叩《たた》く雨の音を聞いたあと、クライヴは立ち上がってさらに登り続けた。そもそも、湖水地方は本当に荒野だろうか？　徒歩旅行者に浸食され、地形の細部にいたるまで名前を与えられてみみっちい賞賛を受けているではないか。実際のところ湖水地方とは巨大な茶色のジムにすぎず、この急坂も草の生えた運動肋木《ろくぼく》でしかない。雨こそ降れ、これはワークアウトなのだ。鞍部《コル》に登る途中もそうした興ざめな考えが追いかけてきたが、場所が高く、登りがゆるくなり、雨がやんで雲間の長い切れ目から弱々しい日光がわずかにもれはじめると、ついに効果が現れてきた——気分がよくなってきた。ひょっとすると単に筋肉運動で分泌《ぶんぴ》されたエンドルフィンの効果か、それとも要はリズムが見つかったということか。あるいはまた、この瞬間こそ山歩きの醍醐味《だいごみ》であるためだろうか、コルに達して分水界を横切り、新しい山や谷が目に入ってくる瞬間が——グレート・エンド、エスク・パイク、ボウフェル。いま、山々は美しかった。

ほとんど水平な地面に立ち、茂った草地を横切って、ラングデールから上がってゆく山道をめざした。夏であればいやになるほど込むルートだが、今日は青い服のハイカーがひとり、まるで恋人に会いにゆくような決然たる足取りで広い高原地を横切ってエスク・ハウス方向に急いでゆくだけだ。近づいて見るとそれは女で、クライヴはおもわず自分を彼女の恋人、彼女が一刻も早く会いたいらしいデート相手の役に当ててはめてみた。美しい湖のそばで女を待ち、近づいてくる女の名を呼び、デイパックからシャンペンと銀のフルートグラスを二本取り出す……クライヴの恋人も、妻さえも、一人として山歩きを好まなかった。新しもの好きのスージー・マーセランは一度キャッツキルズについてきたが、マンハッタンの女が山に踏み迷ってはどうしようもなく、一日じゅう虫だの火ぶくれだのタクシーが来ないのと冗談まじりにこぼしていた。

クライヴが山道に出たときには女は半マイルほど先にいて、右の方にそれてアレン・クラッグズ方面に向かうところだった。高地の原野を独り占めしようと、クライヴは足を止めて女が行くにまかせた。雲の切れ目は広がっており、背後のロスウェイト原ではワラビの野原に光の筋が一本通って燃えるような赤と黄色でいろどり、野原の茶色の美しさを改めて思い出させた。クライヴは防水具を片付け、リンゴをひとつ食べてルートを考えた。今はスコーフェル・パイクに登りたく、一刻も早く出発したいくらいだった。一番早い登り道はエスク・ハウスからだが、体力にゆとりが出てきたので、北西に進み続けてスプリンクリング・ターンに下り、スタイ・ヘッド経由でさらに下りていってコリダー・ルートの長い登りに出るほうがよかった。グレート・エンドの下までおりて、ラングストラス渓谷経由で往路を逆にたどってゆけば、夕方までにホテルに帰れるだろう。

そこでクライヴは広々と魅惑的なエスク・ハウスの頂上めざしてゆったりと歩みはじめ、今の自分も三十歳の自分もやはりさほど変わらないのだ、先のためらいの気持も筋力でなく精神力の問題なのだと思った。気分が変わると、脚力もかくまで強く思われるものか！

ハイカーたちの残していった広大な浸食のあとを避けて、大回りで前方の尾根をめざし、山歩きに出たときの常で人生を新しい視点から考えつつ、最近のちょっとした成功を思い出して楽しんだ。初期オーケストラ作品のCD化、日曜紙で自分の作品がほとんどうやうやしく扱われたこと、こちこちになっている生徒に作曲賞を与えてから行なった、気が利《き》いてユーモラスなスピーチ。クライヴは自分の作品群をひとまとめに考え、頭をもたげて見渡してみればそれはなんと変化に富んで豊かなことだろう、これまでの人生のエッセンスではないか、と思った。しかもなすべきことはまだまだ多い。これまでの人生で出会った人々が愛情ぶかく思い出された。自分はヴァーノンに厳しすぎたのではないだろうか、ヴァーノンは新聞を救いこの国をガーモニーの圧政から守ろうとしていただけなのだから。今夜ヴァーノンに電話しよう。ふたりの友情がたったひとつの口論で失われるのはあまりに惜しかった。意見の違いを確認しつつ友情を保つことは可能なはずだ。

このような寛大な考えをいだくうちについに尾根に達し、スタイ・ヘッドに向かう長い下り坂を見はるかしたが、そこで目に映ったものはクライヴに苛立《いらだ》らの声を上げさせた。一マイル以上にも広がって、ところどころ蛍光色のオレンジ、青、緑を散らした群れが歩いているのだ。小学生だ、百人ばかりが湖のほうにぞろぞろ下りて行く。全部を追い越すまでに一時間はかかるだろう。一瞬にして風景は変形され、管理下に置かれ、ごみごみした観光地と化した。昔からの考え——蛍光塗料のアノラックの白痴的な見苦しさ、それにまたどうして人間がこれほど野蛮な大人数で歩かせられねばならぬのか——を蒸し返すひまを自分に与えず、クライヴは右に折れてアレン・クラッグズに向かい、大群が見えなくなった瞬間に気分はもとに戻った。スコーフェル・パイクのきつい登りは勘弁してもらい、尾根ぞいに進みソーンスウェイト原を下って谷に出ることにした。

ほんの数分という感じで岩山の頂上に達し、息を整えつつ計画変更の成功を祝った。これから先はウェインライトの『南部丘陵地』が「実に面白い」としているところだ。山道は上下しながら湖をいくつか通り、沼地や岩地や石の多い高原を抜けてグラマーラ山頂群に出る。先週眠りに落ちるときに気持を鎮《しず》めてくれたあの道筋だった。十五分ばかり歩いて、斑《まだら》模様の入った巨大な傾斜した岩山へとつづく坂を登っているとき、ずっと期待してきたあのことがついに起こった。孤独を楽しみ、体は調子よく、心はほかの場所を心地よく漂っていたとき、探していた音楽が、少なくともその音楽の形を知る鍵が聞こえたのだった。

天の贈り物だった。大きな灰色の鳥がクライヴに気づき、警戒の声をあげて飛び立った。高く舞い上がって谷を越えて飛んで行きながら三音の鋭い鳴き声をたて、クライヴにはそれがピッコロにつけた一節の転回だと分かった。なんと優雅、なんと単純だろう。一節を転回させることで分かりやすく美しい普通拍子の音楽が観念として開け、ほとんど耳にも聞こえんとした。が、まだだ。のびてゆく階段のイメージがなめらかに下降してゆく――屋根裏部屋の屋根戸から、あるいは軽飛行機の扉から。ひとつの音は響きを残して次の音を暗示する。それは聞こえた、つかめた、と、もう消えていた。人をじらすような残像の輝き、そして悲しげな小さいメロディの遠ざかりゆく呼び声。この感覚の重なり合いは苦しいほどだった。一音一音は完璧《かんぺき》にまとまりあい、それらをつなぐ磨きあげられた小さな蝶番《ちょうつがい》がメロディの美しいアーチを揺らしていた。傾斜した岩板の頂上に立ってノートと鉛筆を出そうとポケットを探ったときも、ほとんどもう一度聞こえるようだった。悲しみだけのメロディではなかった。陽気さがあった、運命に対する楽天的な決意が。勇気があった。

いま聞いた断片を走り書きしながら残りの部分をなんとか形にしようとしているとき、なにかもうひとつの音が意識された。想像の音でも鳥の声でもなく、つぶやくような人間の声だった。熱中していたクライヴは顔をあげる誘惑にほとんど打ち勝ったが、やはりだめだった。三十フィートばかりの崖《がけ》に突き出す岩板のてっぺんから覗《のぞ》くと、大きめの沼といった格好の湖が見下ろせた。向こう岸の草地に立っているのはさっき通っていった女、青い服の女だった。それと向きあって低い単調な声で話しているのは、どうみてもハイキング用でない服装の男だった。顔はある種の動物のように長細かった。着古したツイードのジャケットにグレイのフランネルのズボン、平たい布の帽子をかぶって首には汚れた白い布を巻いている。おそらくは地元の農夫、あるいはハイキングもその服装も軽蔑《けいべつ》している男が彼女に会いにきたのだろうか。クライヴが想像したデートの光景そのままだ。

この純粋な偶然事、岩山の間にくっきり見えるふたつの人影はクライヴのためだけに存在するようだった。ふたりでポーズをとってクライヴに意味を当てさせようとしているような、ふたりとも真剣ではなくて、見られているのに気付かないふりをしているだけのような感じだ。ふたりの用事が何であれ、クライヴが受けた印象はネオンサインのように鮮明だった。**自分はここに居合わせない。**

クライヴは頭をひっこめてメモを続けた。知りえた要素をここで書きつけることができれば、そっとこの場を離れ、尾根のどこかでゆっくり考えることができる。女の声がしたが、聞こえなかったことにした。一分まえにあれほど鮮明だったことがすでに捉《とら》えがたくなっていた。しばらくあがいたあと、また手にすることができた。抑えつけられた要素、目の前にあるときはあれほど明白なのに、注意を緩めるとまったく捉えどころがない。音符を書き留めるはしから塗り消していくのだが、そのとき女の声が突然叫びとなって、手が凍りついた。

間違いだと分かっていた、書き続けるべきだと分かっていたのだが、やはりもう一度岩陰からのぞいてしまった。女はクライヴの方に顔を向けていた。三十代後半だろうか。浅黒く少年のような小さな顔で、カールした黒髪だった。女と男はやはり知り合いらしく、口論をしていた——おそらくは結婚がらみだろう。女はデイパックを地面において反抗的な姿勢で立っており、足を拡《ひろ》げ、手は腰に、頭をつんとそらしていた。男は一歩踏み出して女の肘《ひじ》をつかんだ。女は腕を降り下ろして男の手を払いのけた。それからなにか叫んでデイパックをつかみ、肩に掛けようとした。しかし男もそれに手をかけて引っぱった。ふたりは二、三秒もみあって、デイパックはあちこちに引っぱられた。最後に男が取り上げて、軽蔑したような動作、手首の一振りで湖に投げ込み、デイパックは半分水中に没して揺れながら、ゆっくりと沈んでいった。

女は水に二歩駆けこんで、それから気を変えた。女が向き直ると男はまた腕を取ろうとした。その間もふたりは言葉を交わし口論していたが、その声はクライヴには断片的に届いてくるだけだった。クライヴは傾斜した岩板に寝そべり、鉛筆を指にはさみ、ノートはもう一方の手に持って、溜息《ためいき》をついた。自分は本気で介入するつもりか？　駆けつけた場合を想像してみた。ふたりのところに達してからは、いくつかの可能性がある。男が逃げ、女が感謝して、クライヴと一緒に主要道路からシートラーに下りる。最もありえないこの場合でさえ、微妙な霊感は破壊されてしまうだろう。より可能性の高いのは、男の方が攻撃の矛先をクライヴに向け、女は手も出せないで傍観しているというケースだ。それとも女はほくそえんでいるだろうか、その可能性もないではない。あのふたりは離れられない関係で、余計な口出しをしたクライヴに共同で食ってかかるかもしれない。

女が再び叫んで、クライヴは岩に平たく横たわって目を閉じた。ある貴重なもの、小さな宝石が転げ落ちてゆく。もうひとつの選択肢もあったのだ。こっちに登ってくる代わりに、蛍光衣料の小学生たちを追い越してスタイ・ヘッドに下り、コリダー・ルート経由でスコーフェル・パイクに登るという。そうしていれば、ここでなにが起ころうとそれはなるようになるはずだったのだ。彼らの運命と自分の運命。宝石が、メロディが。その重大さが身に迫ってきた。あらゆることがそれにかかっているのだ、交響曲、祝典、自分の名声、悲しみの世紀の喜びの歌。さっきふと耳にした音がその重みに耐えられることは疑いなかった。あの単純さのなかに、ひとつのライフワークのよりどころがあるのだ。一片の楽曲を発見すればよいというだけではないことも疑いなかった。さっき中断されるまで自分が行なっていたのはそれを**創造する**こと、鳥の呼び声からそれを作り上げること、目覚めた創造的精神の鋭い感受性を利用することだった。いま明白なのは選択が迫っていることだ。下りていって女を守ってやるか（むこうがそれを求めているとしてだが）、グララマーラの山腹を迂回《うかい》してそっと姿を消し、仕事が続けられる雨風のない場所を見つけるかだ――メロディがすでに失われていないとしてだが。とにかくこの場でぐずぐずしてはいられない。

怒った声がしたのでクライヴは眼を開け、もういちど見るために身を起こした。男は女の手首をつかみ、クライヴの真下、突き出た岩の陰まで湖を回って引きずってゆこうとしていた。女は自由な手で地面をひっかいており、おそらく武器になる石を探しているらしいが、男が引きずるのを容易にしただけだった。バックパックは沈んで見えなくなっていた。その間も男は女に話しかけているが、声はまた低まって切れ目のない不明《ふめい》瞭《りょう》で平板な音になっていた。女が突然懇願するような泣き声をあげ、クライヴは自分のしなければいけないことを完全に悟った。ためらいが作り物であったことは、岩山の傾斜を後戻りするときにはもはや明白だった。中断された瞬間に決心はついていたのだ。

平らな地面に出ると来た道を急いで戻り、大回りの迂回路を描いて尾根の西側を下りた。二十分後テーブルがわりの平らな岩を見つけ、走り書きを置いてのぞきこんだ。ほとんど何もなかった。クライヴはメロディを呼び戻そうとしたが、集中力はもうひとつの声、絶え間なく内面に響く自己弁護の声に破られた。結果はどうあれ――暴力、ないし暴力の示唆《しさ》、クライヴの気まずい謝罪、あるいは極端なばあい警察への通報――あのふたりに近づいていたら、人生の転機は失われていたはずだ。メロディは心理の波乱に耐えられなかったろう。尾根の広さとそれを横切る無数の小道を考えれば、ふたりを見なかったとしても不思議はない。自分は居合わせなかったかのようだ。実際居合わせなかったのだ。音楽に没頭していたから。自分の運命、彼らの運命、別々の道。自分の知ったことではなかった。自分の知ったことは音楽であって、それは易《やさ》しいことではないが、自分は助けなど求めない。

ついに気を鎮めることができたクライヴはメロディに戻る努力をはじめた。鳥の声の三つの音符がある、それを転回したピッコロも書いてある、そしてまた、重なりつつ伸びてゆく階段の始まりも……

一時間あまりも書きものの上に屈《かが》みこんで過ごした。最後にノートをポケットにしまって早足に歩きだし、ずっと尾根の西側を歩き続けてやがて野原に下りた。ホテルに着くまでに三時間かかり、着いたとたんに雨が降りだした。ということは、なおさら滞在予定を切り上げて荷をまとめ、ウェイトレスにタクシーを手配してもらうべきだ。湖水地方に求めたものは手に入った。列車内でまた仕事ができるし、家に帰れば、この崇高な音の連なりとそのために書いた心地よいハーモニーとをピアノに移し、美しさと悲しさを解き放てるだろう。

ホテルの狭苦しいバーでタクシーを待つあいだクライヴがいらいらと歩き回り、時々立ち止まっては常緑の葉の上にうずくまる剥製《はくせい》の狐《きつね》を睨《にら》みつけたのは、まぎれもなく創造の興奮のせいだったはずだ。二、三度外に出て、車が来ていないか確かめたのも興奮のせいだった。早く谷間を離れたかった。タクシーが来たと告げられると、そそくさと外に出て荷物を後部座席に放りこみ、運転手に急ぐよう言った。早くここを離れ、早く列車に乗って、南へ突き進み、湖水地方から離れたかった。都市の無名性、スタジオの閉ざされた空間が再び必要となったのだ。そして――この点は細心に考えてあったが――自分がこのように感じるのはたしかに興奮のせいで、恥ずかしさのためではなかった。

IV

i

　ローズ・ガーモニーは六時半に起きたが、目を開ける前から三人の子供の名前が心に、心の舌先にあった。リオノーラ、ジョン、キャンディ。夫を起こさないよう気をつけながら、そっとベッドから抜け出してドレッシングガウンに手を伸ばした。ゆうべ寝るまえに書類を読み返したし、午後にはキャンディの両親と会っていた。他のふたつはありふれた仕事だった。ピーナッツを喉《のど》につまらせた子供の気管支鏡検査、肺膿瘍《はいのうよう》のための排膿管注入。キャンディはおとなしく小柄な西インド諸島の女の子で、長い病気につきものの退屈な日課をこなす間も、髪はつねに母親が後ろにとかしてリボンでとめてやっていた。心臓切開手術は少なくとも三時間、ひょっとすると五時間かかりそうで、結果は不確かだった。父親はブリクストンで食料品店をやっていて、昨日の面談にはパイナップルやマンゴーや葡萄《ぶどう》をつめたかごを持ってきた――野蛮なナイフの神への捧《ささ》げものに。

　果物の匂《にお》いで一杯のキッチンに、ミセズ・ガーモニーはケトルに水を入れるため裸足《はだし》で入っていった。湯が沸くあいだにマンションの細い廊下を渡って仕事部屋でブリーフケースの支度をし、すこし手を止めて書類をもう一度見た。党委員長に折り返し電話し、客間で眠っている成人した息子にメモを書き、キッチンに戻って紅茶を淹《い》れた。カップを持ってキッチンの窓に寄り、レースのカーテンは動かさずに通りを見下ろした。数えてみるとロード・ノース・ストリートの舗道に八人いて、昨日の今ごろよりも三人多い。テレビのカメラも、内務大臣が送ると約束した警官もまだ来ないようだ。ジュリアンをこの場所、自分の昔からのフラットに移すよりは、カールトン・ガーデンズに留まらせたほうがよかった。記者たちはライバルどうしのはずだが、何となく集まって話をしており、夏の夕方にパブの外に集まった人たちのようだった。ひとりは地面に膝《ひざ》をついてアルミの竿《さお》になにやら取り付けている。それから立ち上がって窓を眺めわたし、ローズを見たようだった。カメラが揺れながらやってきてのぞきこむのをローズは無表情に眺めた。カメラが顔とほとんど同じ高さになると、窓から身を引いて上の階に着替えに行った。

　十五分後、今度は二階上の居間の窓からもう一度のぞいてみた。小児科病院で困難な一日を過ごす前としては一番望ましい心理状態だった。平静で、油断なく、さっさと仕事にかかりたい。ゆうべは客を呼ばず、夕食でもワインをとらず、書類に一時間費やし、七時間ぐっすり眠った。この気分はだれにもこわさせないつもりだったから、下のグループを――今は九人いる――冷静な好奇心をもって眺めた。例の男は竿をたたんで垣根に立てかけている。他のひとりがホースフェリー・ロードのテイクアウト・ショップからコーヒーを盆に載せて持ってきた。これ以上何を手に入れようというのだろう？　それもこんなに早くに。この手の仕事からどういう満足が得られるのだろうか？　どうしてまた彼らは、あのトップ屋たちは、ああもよく似ているのだろう、まるで同じひとすくいの遺伝子から作られたように？　顔が大きく、顎《あご》が張って、革ジャケットを着た押しの強い男たち、しゃべり方まで同じで、コクニーの真似《まね》と上流の真似をつき混ぜ、まとわりつくような喧嘩《けんか》腰《ごし》のような鼻声。こっち向いてください、ミセズ・ガーモニー！　ローズ！

身支度を終えて出勤の準備ができると、紅茶と朝刊を薄暗い寝室に運んだ。ベッドの裾《すそ》で少しためらった。このところ夫はひどい日々を過ごしていたから、あらたな一日のために起こす気がしなかった。夫はゆうべウィルトシャーから車を運転して帰宅した。スコッチを飲みながらベルイマンの「魔笛」のビデオを見ていたに違いない。それからモリー・レインの手紙を、自分のグロテスクな欲望をめいっぱい満たしてくれた手紙をすべて取り出したようだ。あのエピソードが終わってよかった、あの女が死んでよかった。手紙はまだカーペットに散らばっているから、掃除婦が来るまでに片付けさせないといけない。頭のてっぺんだけが枕《まくら》の上にのぞいている——五十二というのに、髪はまだ黒い。ローズは髪をやさしくかきみだした。ときどき、巡回のときに、看護婦が子供をこういうふうに起こしてやるが、ここは家でなくて触れた手も母親のものではないと小さな子供が理解するまでしばらくその眼に浮かぶ戸惑いの色にローズはいつも胸をつかれた。

「あなた」とローズはささやいた。

夫の声は冬用毛布でくぐもっていた。「外にいる？」

「ええ、九人」

「くそ」

「わたし、もう行かないと。電話する。これ飲んで」

夫は夜具を顔からのけて起き上がった。「そうだったな。あの女の子だ。キャンディ。頑張ってきなさい」

ふたりは唇に軽くキスして、ローズはカップを夫の手に渡した。両手を夫の頬に当てて、床に落ちた手紙のことを言った。それからそっとベッドを離れ、下で病院の秘書に電話した。玄関で厚手のウールのコートを羽織り、鏡で姿をチェックしたが、ブリーフケースとキーとスカーフを手にする直前に気が変わってまた上に行った。思ったとおり、夫はあおむけで腕を拡《ひろ》げてまどろんでおり、紅茶は外務省関係のメモの束のそばで冷えていた。先週からのごたごたと明日金曜に掲載される写真のせいでローズには患者のことなど話す時間も気力もなかったから、人の名前を覚えるのはベテラン政治家特有の技術だと分かってはいても、夫が女の子の名前を思い出そうとしてくれたのには感動させられた。ローズは夫の頭に触れて言った。

「ジュリアン」

「えいくそ」と、ガーモニーは眼を閉じたままで言った。「八時半にひとつ目の会議があるんだ。野郎どもをすり抜けないといけないのか」

気も狂わんばかりの親たちをなだめるときに使う声をローズは出した。ゆっくりと、軽く、厳粛というより快活に。「うまくいくわ、絶対うまくいく」

ガーモニーはほほえんでみせた、全く信じないで。ローズは屈《かが》みこんで夫の耳にささやいた。

「信じて」

下におりると、ローズはもう一度鏡をチェックした。コートのボタンを全部かけ、顔が半分隠れるようスカーフを整えた。ブリーフケースを取って部屋の外に出た。玄関で扉の陰に立ち止まり、錠に手を当て、扉を開けて車に駆《か》け寄る用意をした。

「ヘイ！ ロージー！ こっちこっち！ 悲しそうな顔をしてくださいよ、ミセズ・ガーモニー」

ii

同じころ、三マイル西で、ヴァーノン・ハリデイは夢から出入りをくり返していた。駈《か》け足の夢――あるいは駈け足の記憶が夢のような形態によって鮮明になったのか。ヴァーノンはほこりっぽい赤いカーペットの廊下を重役室に向けて走り続け、遅刻だ、またしても遅刻だ、あからさまに馬鹿《ばか》にしたような大遅刻だ、前の会議からこの会議に、昼飯までにまだ七つの会議を控え、外見は歩いているが内面は疾走しつつ、それも一週間じゅう、怒り狂った文法連に反駁《はんばく》をくり広げ、さらに『ザ・ジャッジ』の疑わしげな重役会や裏方たちや顧問弁護士や自分の弁護士、それからジョージ・レインの関係者、それに報道審議会とテレビの生番組の観客たちを片付け、そしてまた数えきれない、記憶にも残らない、空気のこもったラジオのスタジオで同じことの繰り返し。ヴァーノンは写真の公表に当たって公衆の利益論をクライヴにしたのとほぼ同じ形で行なった。ただし、よりなめらかに、長さとスピードを倍増させ、切羽《せっぱ》つまった強引さでもって、いっそうおびただしい実例、円グラフや棒グラフや計算表や納得できる先例を並べたてたのである。が、ほとんどの時間は走っていた、込んだ通りを危なっかしく駆け抜けてタクシーをめざし、タクシーから飛び出して大理石のロビーを突っ切ってエレベーターへ、エレベーターから廊下へ、その廊下は腹立たしくも登り坂となって速度を落とさせ、さらに時間を遅らせる。いっとき目を覚まして妻のマンディがすでにベッドを出たことに気付き、それからまた目が閉じられて夢のなか、ブリーフケースを高くかかげて水だか血だか涙だかの流れのなかざぶざぶと赤いカーペットの上を進み、その先は円形劇場、そこで演壇に登って演説を始めるが、そのあいだ周りの沈黙はセコイアの木のようにそびえてゆき、薄暗がりのなかに何十人の背けた眼と、そしてサーカスの床にまかれたおがくずの上を去ってゆくひとりの人間、モリーのように見えたが呼んでも答えはしなかった。

そしてやっと完全に眼を覚ますと、まわりは静けさをいやます朝の物音――鳥の声、キッチンからかすかに聞こえるラジオ、食器戸棚を静かに閉める音。ヴァーノンは掛布団《ぶとん》を押しのけてあおむけに裸で横たわり、じっとり濡《ぬ》れた胸をセントラルヒーティングの空気が乾かしてゆくのを感じた。夢はまさしくこの一週間を万華鏡《まんげきょう》的に切りこまざいたもので、そのせわしさと感情のもつれを十分に表わしてはいたが、しかし――無意識に特有の偏《かたよ》った先入観ゆえ――ここ一週間を支配していた作戦ないし根本原理は夢からすっぽり抜け落ちていた。現実ではその原理に基《もとづ》いた論理的な展開こそが、からくもヴァーノンの正気を保ってくれたのだが。掲載はあす金曜で、一枚は話題を引き伸ばすために月曜までとってある。ニュースは活力に満ちあふれ、足を蹴《け》りたててヴァーノンよりも先を走っていた。禁止命令が破棄されて以来かなりのあいだ『ザ・ジャッジ』はガーモニーの話題を引き伸ばし、大衆の好奇心をうまくじらしてきたので、誰も見たことのない写真が、国会《パーラメント》からパブに至るまでのあらゆる政治文化における偶像、一般の議論の対象、誰しも意見なしでは通らない話題となっていた。法廷での戦い、党派を同じくする同僚大臣たちの冷淡な助けぶり、首相のうろたえ、野党の大物たちの「憂慮」、識者たちの意見が報道された。『ザ・ジャッジ』は写真の掲載に反対する陣営からの批判を一挙掲載し、プライバシー保護法の必要性についてのテレビ討論のスポンサーとなった。

一般のコンセンサスが反対の声を圧して形成されつつあって、『ザ・ジャッジ』は高潔な戦う新聞であり、いまの政権は長すぎて経済的・道徳的・性的に堕落しており、ジュリアン・ガーモニーはその象徴であって、一刻も早く馘首《くび》の座に据えられるべきけしからぬ人物であることになった。一週間すると売り上げは十万部上昇し、編集長はデスクたちが自分の主張を反対ではなく沈黙でもって迎えていることに気付いた。デスクたちは心中、自分たちの正しき反論が議事録に控えられるかぎり、ヴァーノンは思いきりやってくれればいいと思っていた。ヴァーノンが議論に勝ちを収めつつあったのは、いまや下級の記者たちを含めた全員が自分たちの一挙両得に気づいたからだった——新聞は救われ、良心は潔白なままでいられるのだ。

ヴァーノンは伸びをし、身震いをし、欠伸《あくび》をした。最初の会議まで七十五分だからそろそろ起きてひげを剃《そ》りシャワーを浴びなければならないが、今はまだ、とにかく今は一日で唯一《ゆいいつ》の平穏な瞬間にしがみついていたかった。裸体がシーツに触れる感じ、足首の辺りの夜具のもつれ、それに自分の性器の眺め、この歳《とし》でもまだ出っ腹に完全には隠されていない性器の眺めに、かすかに性的な感じが遠い夏の雲のように心をよぎった。が、マンディはちょうど仕事に出るところだし、下院で働く目下の愛人デイナは火曜日まで外国だ。ヴァーノンは横向きになってマスターベーションするだけの元気があるだろうか、そうすることでこれからの仕事に向けて雑念が払われるだろうかと考えた。二、三回いいかげんにしごいてみて、あきらめた。最近はそれに必要な根気、心の明晰《めいせき》さないし空白さが欠けているようで、それにあの行為じたい妙に古びて非実用的な、棒を二本こすりあわせて火を起こそうとするようなものに思われた。

それにまた、近ごろヴァーノンの生活にはあまりに考えることが多く、実世界のことがあまりに刺激的で、単なる妄想では太刀打ちできなかった。自分の言ったこと、言おうとしていること、その受け取られ方、次の手、成功のもたらす解放感……ここ一週間、事態にはずみがついてくるなかで、ほとんど一時間ごとにヴァーノンの権力と潜在力に新しい面が拓《ひら》かれ、ヴァーノンの説得と計画の才能が結果につながりだすにつれて、ヴァーノンは大きく寛大な自分、いくぶんかは無慈悲であっても究極的に善であり、流れに抗してひとり立つことができ、同時代人のはるか先を見通し、この国の運命を作り出すにあたってそれだけ責任を負う覚悟がある自分を感じた。覚悟以上だ――この重圧が必要だった、ヴァーノンの才能には他の誰も背負いきれない重圧が必要だったのだ。代理人の背後にかくれたジョージが写真を入札制にしたとき、他の誰があれほど断固たる行動ができたか？　他に八つの新聞が入札したので、ヴァーノンは契約確保のために価格を四倍につり上げねばならなかった。今からすると、ついこの間まで頭皮のしびれと自己の不在感覚に苦しめられ、狂気と死を怖《おそ》れつづけたのが実に不思議だった。モリーの葬式に脅《おび》やかされたのだ。今や目的意識と存在感が指先まで満ちていた。ニュースは生きていて、自分も生きている。

しかし、ひとつの些細《ささい》な問題が完璧《かんぺき》な幸福を妨げていた。クライヴだ。ヴァーノンは心のなかで何度となくクライヴに話しかけ、論点を研ぎすまし、あの晩言ってやればよかったことを全部付け加えてやったので、今では重役会の恐竜どもを退治したのと同じく親友をも説得しつつあるような気がしていた。しかし例のいさかい以来ふたりは話しておらず、掲載日が近づくにつれてヴァーノンは不安がつのってきた。クライヴは熟慮中か、怒り狂っているのか、それともスタジオに閉じこもり、仕事にかまけて世間のことなど忘れているのか？　この一週間、ヴァーノンは何度も、一分でいいからひとりになって電話しようと考えた。が、クライヴから新たに攻撃されて会議に自信がなくなるのが怖かった。いま、ヴァーノンは折り重なった枕《まくら》の向こうにある電話に目をやり、それからがばと手を伸ばした。ためらうすきを与えないのが一番だ。友情を救わねばならない。自分が冷静でいるあいだにやらなくては。呼び出し音が鳴りはじめてから、まだ八時十五分なのに気がついた。いくらなんでも早すぎる。案のじょう、クライヴが受話器を取ったときのがたがたいう音は叩《たた》き起こされた人間の鈍い動きだった。

「クライヴ？　ヴァーノンだ」

「え？」

「ヴァーノンだよ。起こしたかな。申し訳ない……」

「ああ、いや。ぜんぜん。ちょっと考え事をしてたんで……」

クライヴがベッドのなかで身動きしてシーツのこすれる音が受話器に届いた。どうして人は電話で起こされたとき嘘《うそ》をつくのだろう？　自分の無防備さを隠そうというのか？　クライヴが改めて口を切ったとき、声は前ほどくぐもっていなかった。

「電話しようと思ってたんだが、来週アムステルダムでリハーサルがあるから。仕事が大変で」

「こっちもだよ。今週は一分も暇がなかった。でも、あの写真のことをもう一度話したいと思って」

すこし間があった。「ああ、うん。写真ね。載せるつもりなんだろ」

「説得して回ったから、載せることで一致した。明日だ」

クライヴは軽い咳払《せきばら》いをした。じっさい、驚くほど角のとれた調子だった。「まあ、ぼくの意見は言ったから。意見の違いは認めようや」

「こんなことでこじれたくないんだ」

「もちろん」

話題は他のことに移っていった。いきおい、ヴァーノンは一週間のことをごく大まかに説明した。クライヴは、夜通し仕事をしていたこと、交響曲が大いに進んでいること、湖水地方に歩きにいったのは大当りだったことを話した。

「へえ、そう。どうだった？」

「アレン・クラッグズというところに登った。そこで突き抜けたんだ、純粋なインスピレーションが、つまりこのメロディが……」

そのときヴァーノンはキャッチホンの信号音に気づいた。二回、三回、そして止まった。オフィスからか。おそらくフランク・ディベンだ。一日が、最後にしてもっとも重要な一日が始動していた。ヴァーノンは裸でベッドのふちに座り、腕時計をつかんで目覚まし時計と突き合わせた。クライヴは怒っていないのだからそれはそれでよく、もう行かなければならなかった。

「……ぼくはふたりから見えないところにいたんだ。なんだか険悪だったんだが決心をしないといけなくて……」

「そうだね」と、ヴァーノンは三十秒ごとにくり返した。受話器のコードを伸ばしきり、片足立ちになってもう片方の足で下着の山からきれいなのを引っぱり出そうとしていた。シャワーは問題外だ。剃刀《かみそり》を使ってのひげ剃りも。

「……女を殴る蹴るしたかもしれない。でもやっぱり……」

「そうだね」

ヴァーノンは受話器を肩と頭ではさんで、音を立てずにシャツをセロファン包みから出そうとしていた。シャツを洗う業者がボタンを全部かけてよこすのは退屈のせいだろうか、サディズムなのだろうか？

「……半マイルほど行って岩を見つけたんだ、まあテーブルとして使えるような……」

ヴァーノンがズボンを半分ほどはいたところでキャッチホンがまた鳴った。「そりゃそうだ。岩のテーブルね。まともな人間なら誰だってそうするさ。だけどクライヴ、ぼくはもう遅刻なんだ。すぐ出ないと。明日一杯どう？」

「そうね。うん、いいよ。結構。仕事のあとで寄って」

iii

ヴァーノンは社があてがった狭苦しい自動車の後部からにじり出て、ジャッジ・ハウスの前の舗道で立ち止まるとしわの寄ったスーツを伸ばした。黒と茶色の大理石のホールを急いでゆくと、フランク・ディベンがエレベーターのそばで待っていた。フランクは二十八歳の誕生日に国際部デスク代理になった。四年がたち、編集長が三人変わってもそのままで、焦《あせ》っているという噂《うわさ》だった。やせて飢えたような外見のせいでキャシアスと呼ばれていたが、これは当たっていなかった。目は黒く、顔は長くて青白く、髭《ひげ》の剃《そ》りあとが濃くて、警察の尋問担当といった感じだったが、態度はいくぶん気弱ながらも折り目正しく、愉快で辛辣《しんらつ》な機知があった。ヴァーノンはこれまでどことはなしにフランクを嫌ってきたが、ガーモニー騒動の始まったころに見直した。組合が編集長不信任案を可決した次の日の晩、ヴァーノンがクライヴと仲たがいした次の日の晩、青年は夕暮れの街をゆくヴァーノンの丸まった背中のあとをつけてゆき、ついに追いついて、肩をたたくと飲みに誘った。ディベンの口調にはどこか説得力があった。

ふたりはヴァーノンが知らない横丁のパブ、破れた赤いビロードの座席と薄暗い煙っぽい空気の店に入り、巨大なジュークボックスの真後ろのブースに腰を下ろした。ジントニックを飲みながらフランクは事のなりゆきについて静かな怒りを表明した。ゆうべの投票は何年というあいだ不満と恨みを燃やしてきた組合の古狸《ふるだぬき》どもに操られており、フランク本人は仕事があると言い訳して出席しなかった。『ザ・ジャッジ』が読者層を拡大し、活性化を図り、ガーモニーを追い詰めるような大技を見せることを願っているのは自分だけではない。だが、現状では文法連のこわばった手があらゆる下級者の引き立てと昇進を握っているのだ。反動連中は『ザ・ジャッジ』が三十歳以下の読者獲得に動くくらいなら廃刊のほうがましだと思っている。活字大型化も、ライフスタイル欄も、星占いも、別刷の健康特集も、ヴァーチャル・ビンゴも、人生相談も、さらにロイヤル・ファミリーを扱った軽い読み物やポップ・ミュージックまでも連中に葬《ほうむ》られてきた。そして今、連中は『ザ・ジャッジ』を救うことができるただひとりの編集長を攻撃しているのだ。若いスタッフのあいだにはヴァーノン支持層があるが、声をあげられないでいる。最初に立ち上がって射《う》ち殺されるのは誰でも嫌なのだ。

急に足が軽くなった気がして、ヴァーノンはカウンターにもう一杯ずつ注文しにいった。明らかに、今こそ部下たちの声を聞き始めるとき、彼らを味方につけるべきときだった。テーブルに戻るとフランクは煙草《たばこ》に火をつけており、エチケット通り煙をブースの外に吐き出すために向きを変えた。ヴァーノンが差し出したグラスを受け取って話しつづけた。もちろん写真は見ていないが、掲載が正しいのは分かっている。ヴァーノンを支持したいし、それ以上の事がしたい。ヴァーノンの参謀になりたいので、それゆえ編集長の味方として公然と名乗りをあげるのはまずい。フランクはちょっと失礼と言ってフード・カウンターにソーセージとマッシュポテトを注文にゆき、ヴァーノンはワンルームか1Kの部屋、がらんとして、国際部デスク代理の帰りを待つ女などいない部屋を思い浮かべた。

フランクは席に戻って早口に言った。「ぼくなら情報収集ができます。社内の意見が伝えられます。誰が本当の支持者か調べられます。でも、ぼくはどっちにも荷担しない中立派のふりをしないと。かまいませんか？」

ヴァーノンは確答を避けた。長い経験から、よく調べもしないでオフィス・スパイと契約しないだけの常識があった。ヴァーノンは話題をガーモニーの政治に向け、ふたりは軽蔑《けいべつ》の念を確認しあうことで心地よく三十分を過ごした。が、三日後、廊下を走り始め、激烈な反対に驚いて、心が——ほんの少しではあるが——揺らぎ出したヴァーノンは、ディベンを連れて同じパブに行き、このまえと同じブースに座り、写真を見せたのだった。結果は心強いものだった。フランクは一枚一枚食い入るように見つめ、言葉は発せずにただ首を振っていた。それから写真を封筒に戻して静かに言った。「信じられない。なんという偽善者だ」

ふたりはしばらく思いに沈んで黙って座っていたが、やがてディベンが言った。「やるべきです。くじけてはいけません。これであいつは首相になれない。あいつはおしまいだ。ヴァーノン、力にならせてください」

若いスタッフの支持はフランクが言ったほどはっきりしたものではなかったが、『ザ・ジャッジ』全体の黙認を取りつけるあいだ、どの論点が効いているかを知ることができたのは計り知れない収穫だった。ジュークボックスの後ろの密会を通じて、反対勢力が分裂する時期とその理由、いつ攻撃を食らわせてやるべきかを教わった。前宣伝の計画および実行にあたって、ヴァーノンは文法連のうち誰を孤立させ誰を引き入れるべきかを正確に知ることができた。前宣伝のプランをフランクにぶつけることができ、フランクの方でもいくつか有益な提案をした。なにより有難かったのは自分の話を聞いてくれる人間を得たこと、歴史的使命感と興奮とを共にして、事態の重要性を本能的に理解し、周囲があれほど批判的な中で自分をはげましてくれる人間が現れたことだった。社長が重役会議に出席し、前宣伝や模擬記事が書かれ、部数が上がってスタッフの間にもひそかにぬぐいがたい興奮が走るにつれて、フランクとの密会は必要でなくなってきた。しかしヴァーノンはフランクの忠誠に報いてやるつもりで、レティスの職、特集部デスクを与えてやろうかと考えていた。シャム双生児のことでぐずぐずしたのは執行猶予《ゆうよ》ですんだ。チェス特集が死刑執行令状となったのだ。

さて、木曜の朝、掲載を明日にひかえて、ヴァーノンと参謀はぎくしゃくする古めかしいエレベーターで一緒に四階に上がった。ヴァーノンは大学演劇部時代の最終リハーサルに戻った気分で、手のひらがねばつき内臓がふくれて腹は下りぎみだった。朝の会議が終わるまでに、編集・取材の幹部全員、そして他にも多くのものが写真を見ることになっていた。第一版は五時十五分に印刷所に送られるが、九時半の遅版まではガーモニーの像も、ワンピースも、情を込めたまなざしもクロイドンの新工場の鋼鉄製輪転機の上でおそろしく粗い目に組まれはしない。作戦の目的は、競合紙が自分たちの遅版にぶちこわしの記事を載せるチャンスを絶つ事にあった。配達車は十一時までに出発する。そうなれば引き返すことはできない。

「新聞は見たかい」とヴァーノンは言った。

「してやったりですね」

今日はすべての新聞が、高級紙も大衆紙も、関連特集を組まざるをえなかった。すべての見出しに、必死でとりつくろった新しい視点すべてに、不本意と嫉妬《しっと》が透けて見えた。『インディペンデント』は十か国におけるプライバシー保護法について退屈な記事を載せていた。『テレグラフ』では心理学者が異性装についてもったいぶった分析をしており、『ガーディアン』は見開き二ページを費やしてその中心にカクテルドレス姿の

FBI長官J・エドガー・フーヴァーの写真を据え、公人の服装倒錯の歴史について小馬鹿《ばか》にしたような訳知り顔の解説をつけている。『ザ・ジャッジ』の名前を出す度量をそなえた新聞はなかった。『ミラー』と『サン』はウィルトシャーの農園のガーモニーに的をしぼっていた。どちらも似たような写真、外務大臣と息子が穀物倉庫の闇《やみ》のなかに消えていくところをとらえた不鮮明な長距離ショットを掲げている。巨大な扉は全開にされ、光がガーモニーの肩にだけ当たって腕には届いていないさまは無明の闇に飲み込まれて行く人間を思わせた。

二階と三階のあいだでフランクがボタンを叩《たた》いて巻上げ機構を停止させ、エレベーターは止まりながらがくんと揺れてヴァーノンをぎょっとさせた。真鍮《しんちゅう》とマホガニーでできたぴかぴかの箱はシャフトの上で揺れながらぎいぎいときしんだ。これまでにも二、三回、こうして短い相談をしていた。編集長は怖《おそ》れを隠して平気なところをみせねばならぬと感じた。

「ちょっと要点だけ」とフランクは言った。「マクドナルドが会議で短いスピーチをします。間違いを認めるわけでも、あなたを許すわけでもないです。でも、まずはめでたいことだし、あなたがやるという以上結束しよう、という調子で」

「なるほど」とヴァーノンは言った。謝る様子を見せまいとしつつ謝る副編集長の言葉は聞きものだろう。

「つまり、他の連中も賛成するでしょうし、拍手があるかもしれないんです。できればぼくは加わらないでいたいんですよ、この段階では手のうちを見せたくないんで」

ヴァーノンは一瞬かすかな内的動揺、これまで働かなかった反射神経の緊張のようなものを感じた。ほとんど疑念に近い不審の念が起こったが、もはや何をするにも遅く、そこでこう言った。「いいとも。スタンバイしていてくれ。ここ二、三日がヤマかもしれない」

フランクがボタンを叩いたがしばらく何も起こらなかった。ややあってエレベーターは何インチか落ち込み、それから上がり始めた。

古風なアコーディオン式の扉が開くと、いつも通りジーンが手紙やファックスや要約書の束をもって立っていた。

「六番の部屋でお待ちです」

最初の会議では広告部長や部員たちと話すことになっていて、彼らは今こそ広告料を上げる機会だと考えていた。ヴァーノンは不承知だった。廊下——夢と同じく赤いカーペットの廊下——を一同が急いで行く途中で、レイアウト部の人間ふたりが加わったと同時にフランクがすっと離れるのが分かった。一面の写真を小さくして要約部《リード》を長くするよう要請があったが、ヴァーノンの心のなかでリードの文句はすでに決まっていた。死亡記事デスクのマニー・スケルトンが戸棚サイズのオフィスからあたふたと横向きに出てきて、通り過ぎるヴァーノンの手に数ページのタイプ原稿を渡した。ガーモニーが自殺したときのために命じておいた記事だ。投書欄デスクが列に加わって、最初の会議の前にお話ししたいと言った。どっと投書が来るだろうから一ページ丸々いただきたいという。今、六番の部屋に向けて歩みながら、ヴァーノンは自己を取り戻し、大きく、寛大で、無慈悲かつ公正だった。他の人間なら重圧を感じるような状況にあって、ヴァーノンは力が湧《わ》き出るような明るさ、あるいは光そのもの、能力と幸福との輝きを感じていた。自分は確かな手腕で政体の器官から癌《がん》を切除せんとしているのだ――このイメージはガーモニーが辞職したあとの社説で使うつもりだった。偽善が暴露され、イギリスはヨーロッパから外れず、死刑や徴兵制の復活は偏屈者の夢に留まり、福祉は何らかの形で生きのび、地球環境にまともなチャンスが与えられるだろう。ヴァーノンは歌いそうだった。

歌いはしなかったが、それからの二時間は華やかな喜歌劇そのもので、すべてのアリアはヴァーノンのものであり、軽快な混声合唱がヴァーノンをたたえ、ヴァーノンの考えを美しい和音でくり返すのだった。そして十一時になると、いつもの何倍という人数が編集会議のためにヴァーノンのオフィスにおしよせた。デスクや代理や補佐や記者がすべての椅子《いす》に詰めこまれ、壁という壁にもたれかかり、窓枠や暖房機にまで腰かけた。部屋に入りきれなかった連中は開いたドアのあたりに群れていた。編集長が人垣を分けて椅子につくと会話は静まった。はったりそのものだった、ヴァーノンがいつもどおり前置きなしで会議を始め、お決まりの順序を固守したやり口は——数分間の反省、それから記事リストのチェック。もちろん今日は一面を要求するものはいなかった。ヴァーノンの唯一《ゆいいつ》の譲歩は、いつもの順番を入れ替えて国内と政治のチェックが最後にくるようにしたことだった。スポーツ部デスクはアトランタ・オリンピックの事前情報と、イギリスの卓球ダブルスの現状を嘆く記事。これまで編集会議に間にあったことのない文芸部デスクが料理小説について退屈な説明をしたが、あまりもったいぶっているのでヴァーノンは途中でやめさせた。美術部からは美術館財政の危機。特集部のレティス・オハラはやっとオランダの医療スキャンダル特集を用意しおえ、そしてまた今回の記念に、工業汚染によって雄の魚が雌に変えられているという特集を提案した。

国際部デスクの番になると、部屋のなかの関心が集中してきた。ヨーロッパの外相会議があってガーモニーも出席する——即座に辞職しなければだが。この可能性が示唆《しさ》されると、興奮のざわめきが部屋に広がった。ヴァーノンは政治部デスクのハーヴィ・ストローを指名し、ストローは政治家の辞職の歴史を開陳してみせた。最近の政治家はめったに辞めようとしないから、辞職とは明らかに死に絶えつつある手法なのだ。友情や誠実に篤《あつ》く政治的本能にとぼしい首相は、強制的に手を引かされるまでガーモニーを支持する可能性が高い。そうなればことは長引いて、『ザ・ジャッジ』の得になるだけだった。

ヴァーノンに指名されて販売部長が報告した数字はここ十七年間で最高だった。ざわめきが高まってどよめきとなり、ジーンのいる一般オフィスでいらいらしながら立っていた記者たちが人垣を押そうとしたので、よろけたりつまずいたりするものが出た。ヴァーノンはテーブルを叩いて騒ぎを静めた。国内部デスクのジェレミー・ボールの報告が残っていたが、ボールは大声を出さなければならなかった。今日、十歳の少年が殺人罪で裁判にかけられる。湖水地方のレイプ犯が今週で二度目の犯行に及んで、ゆうべ逮捕された。コーンウォール沖で重油が流出した。しかし誰も聞いておらず、ざわめきを静める話題はひとつしかなくて、ボールはついにそれを出した。ガーモニー事件に関してさる主教が『チャーチ・タイムズ』に投書した非難声明に今日の社説で対処しなければならない。与党の一般議員委員会が午後に開かれるので取材しなければ。ウィルトシャーにあるガーモニーの選対本部の窓に煉瓦《れんが》が投げ込まれた。ぱらぱらと拍手が起こり、そして沈黙。副編集長のグラント・マクドナルドが、ちょっと一言、と話し出したのである。

マクドナルドは『ザ・ジャッジ』の古株で、この大男の顔は決して手入れをしないおかしな形の赤い顎《あご》ひげにほぼ全部包み込まれていた。スコットランド系であるのが大の自慢で、社内でロバート・バーンズの夕べを主催してキルト姿で現れ、新年会ではバグパイプをぷかぷかやった。が、そのじつロンドン北方のマズウェル・ヒルより北に行ったことはないだろうとヴァーノンは睨《にら》んでいた。表立っては編集長をそれなりに支持したが、裏でヴァーノンと話すときには計画全体に懐疑的だった。社員たちの方でも何となくマクドナルドの疑いを察知しており、だからこそみんなが耳をそばだてたのだった。まずは低くうなるような声で始めて、まわりに一層の沈黙を強《し》いた。

「今だから言うことだが、みんなには驚きかもしれないけれども俺は最初っからちょっとばかり疑ってた……」

企《たくら》みに満ちたこの皮切りはひとわたり男たちの笑いを誘った。ヴァーノンはこの不正直さにぞくぞくした。マクドナルドの弁解は意味深長で、複雑で、ビザンティン風に入り組んでいた。色あせた神聖文字《ヒエログリフ》を書きこんだ、磨き上げた金の延べ板がヴァーノンの心に浮かんだ。

マクドナルドはつづいて疑いの内容を詳しく語った――個人のプライバシー、タブロイド新聞的やり口、陰謀性等々。スピーチの折り返し点に達したマクドナルドは声を張り上げた。フランクのブリーフィングはどんぴしゃだった。

「けれど、俺だってだてに長いことこの商売やってるわけじゃない。この商売じゃ、時には――そういつもじゃ困るが――自分の意見は二の次ということもある。ヴァーノンはおそるべきジャーナリスト的嗅覚《きゅうかく》でもって熱く意見を語ってくれたし、社内にもひとつの感じがある、今やらなくてどうするって感じだ。あのころに戻ったみたいだよ、俺たちがヒースの週三日労働案をやっつけたころに。新聞がしっかり物を言えた時代に。今じゃ販売部数が語ってくれる——俺たちは大衆のムードをつかんだんだ。つまり……」グラントは編集長の方を向いてにっこり笑ってみせた。「俺たちは絶好調を取り戻した、それもぜんぶ君のおかげだ。ヴァーノン、ありがとう！」

拍手が湧き起こったあと、他のものたちも短くお祝いを述べはじめた。ヴァーノンは腕を組んだまま、厳粛な顔で、テーブルの木目の一点を見つめていた。笑みを浮かべたかったが、これはいい感じを与えないだろう。社長のトニー・モンタノが、ひとりひとりの言葉、出席者の顔ぶれを几帳面《きちょうめん》に書き留めているのをヴァーノンは満足して眺めた。あとでディベンのことを言ってやらねば。ディベンは椅子に沈みこみ、手をポケットの奥深く突っ込んで、眉《まゆ》をひそめて首を振っていた。

それからヴァーノンは後ろの連中にも見えるように立ち上がって感謝を返した。ここにいる諸君の多くが掲載に反対だったことは承知している。が、そのことには感謝したい。ジャーナリズムはある点で科学に似ている。賢明なる反対論によっても葬《ほうむ》られずに、かえって力を得るようなアイディアこそ最上であるという点で。いくぶん無理のあるこの比喩《ひゆ》も暖かい拍手を呼んだ。してみれば、はにかむ必要も、自分に天罰が下ったりすることもないわけだ。拍手のやむころには、ヴァーノンは人垣を分けて壁のホワイトボードの前にいた。四隅をテープで止めた大きな紙をはがし、明日の一面の二倍拡大版を披露した。

写真は八段ぶち抜きで、『ザ・ジャッジ』の名前の下からページの四分の三までを占めていた。静まり返った部屋全体が、シンプルなカットのドレス、モデル歩きの妄想、いたずらっぽく誘惑的にカメラの視線をはねつける小悪魔のポーズ、小さな乳房とちらりと見せたブラのストラップ、頬骨のところにわずかにさしたメイクの赤み、少しとがった口元をふっくらと形作る口紅の愛撫《あいぶ》、形を変えられても容易に見分けのつく政治家の顔が浮かべた親密で媚《こ》びるような表情を食い入るように見つめた。中央下部、三十二ポイントの小文字ゴシックで、一行だけ説明があった。「ジュリアン・ガーモニー、外務大臣」一面にはほかに何もなかった。

沸き返っていた群衆はいまや完全に圧倒され、沈黙は三十秒以上続いた。それからヴァーノンが咳払《せきばら》いをして土曜と月曜の作戦を説明しはじめた。ある若い記者があとから社員食堂で仲間に言ったとおり、まるで知り合いが公衆の面前で服をはがされて鞭打《むちう》たれるような感じだった。仮面をはがされて罰せられるような感じだった。にもかかわらず、みんなが解散してデスクに戻り、昼飯がすんで集まってきたときには、今週こそプロの面目を見せつけたという意見が大方を占めていた。間違いなくあれは一面の古典となり、いつの日かジャーナリスト学校で教えられるだろう。視覚的インパクトは忘れがたく、単純さ、赤裸々さ、力強さも抜きんでていた。マクドナルドの言うとおり、ヴァーノンの嗅覚はあやまちがない。すべての文章を二面に回し、毒々しい見出しやごたごたした説明をあえて排したのは、ことの急所を押さえていたからだ。ヴァーノンは材料の力を知っていた。写真にみずから語らせたのだ。

最後のひとりもオフィスから出て行くと、ヴァーノンはドアを閉め、人いきれを追い出すために窓を三月の湿った空気いっぱいに開いた。次の会議まで五分あり、考えたいことがあった。インターコムを通じて、ジーンに誰も入れないよう命じた。ひとつの考えが頭のなかをスクロールした——うまくいった、うまくいった。しかし何か別のことがあった、何か重要なこと、何か新しい情報、対応しかけていながら邪魔が入って忘れてしまった情報、それが他の同じような情報にまぎれてチカチカと遠ざかっていく。誰かの言葉、聞いたときは驚かされたちょっとした言葉。その時ちゃんと対処すべきだった。

実際のところ、それは午後遅くになってまたひとりになれたときまで戻ってこなかった。ヴァーノンはホワイトボードの前に立ち、あのかすかな驚きを追体験しようとしていた。目を閉じて編集会議を最初から追い、発言すべてを思い出そうとした。が、考えは集中できず、いつしかそれていった。うまくいっていた、うまくいっていた。自分を抱きしめ、デスクの上で踊り出したい気分なのに、こんな些細《ささい》なことが出てこない。今朝、ベッドのなかで自分の成功を考えながら、クライヴが反対だというたったひとつの事実に完璧《かんぺき》な幸せを妨げられていた、どうもあれに似ているようだ。

それで思い出した。クライヴか。友人の名が浮かんだ瞬間、それは戻ってきた。ヴァーノンは部屋を横切って電話に向かった。単純な事柄だが、おそるべき事実であるかもしれない。

「ジェレミー？　ちょっとこっちに来てもらえないかな？」

ジェレミー・ボールは一分もしないうちに現れた。ヴァーノンは席をすすめ、詳しく聞きただして、場所、日時、これまで分かったこと、疑われていることを書きとめた。途中でボールは記事を書いた記者に電話して細部を確かめた。国内部デスクが出ていくと、ヴァーノンは直ちに私用線でクライヴに電話をかけた。またしても、ガタガタともたつく手つき、シーツの音、しわがれた声。もう四時すぎだ。いったいクライヴはどうしたのだ、ふさぎ込んだティーンエイジャーのように一日じゅう寝転がって？

「ああ、ヴァーノン。こっちはいま……」

「君が今朝言ったことなんだが。聞きたいことがあるんだ。君が湖水地方にいたのは何曜だ？」

「先週だよ」

「クライヴ、ここが大事なんだよ。何曜なんだ？」

クライヴが起き上がろうとしたので、うめく声とベッドのきしむ音がした。

「金曜だったと思う。いったいなにが……？」

「君が見た男は――いや、ちょっと待って。アレン・クラッグズにいたのはいつだ？」

「さあ、一時ごろかな」

「よく聞いてくれ。君は男が女を襲うのを見て、助けないことにしたんだな。そいつは湖水地方のレイプ犯だったんだ」

「聞いたことがないな」

「新聞も読まないのか？　八人の女を去年襲ったんだ、ほとんどはハイカーを。まあ、この女は逃げたようだが」

「そりゃよかった」

「よくないよ。二日前にもひとり襲った。昨日になって捕まったんだ」

「じゃあ、それでいいじゃないか」

「いや、よくないね。君は女を助けたくなかった。それはそれでいい。だけど、君が後から警察に届けておけば、二日前の女はあんな目にあわなかったはずだ」

一瞬間があった。そのあいだにクライヴは言葉を理解するか頭をはっきりさせるかしたようだ。完全に目を覚ましたらしく、口調が固くなっていた。

「そうとも言えないが、まあそれはいい。何をそんなにどなってるんだ、ヴァーノン？

君、今日は躁《そう》の日か？　いったい何をしろというんだ？」

「今からでも警察に行って、見たことすべてを話して……」

「冗談じゃないよ」

「君なら犯人が分かるだろ」

「交響曲が完成間近なんだ、それで……」

「間近もくそもあるか。寝てたくせに」

「関係ないだろ」

「むちゃくちゃだ。警察に行くんだよ、クライヴ。道徳的な義務だぞ」

すっと息を飲む音がして、考え直しでもするようにまた沈黙が流れ、それから、「君が道徳的な義務だと？　君が？　よりによって？」

「何のことだ？」

「写真のことだ。モリーの墓穴に糞《くそ》をたれるようなことだよ……」

実在しない墓穴に糞をたれることが口にされたとき、議論は一線を越え、すべての気づかいはなくなった。ヴァーノンはさえぎって言った。「君は何も知らないんだ、クライヴ。特権的な生活をしてるから何も分かりやしないんだ」

「……猟犬をけしかけてひとの仕事を奪ったことだ。三文ジャーナリズムのことだ。よく大きな顔で生きてられるな？」

「何とでも言え。かっかしやがって。君が警察に行かないなら、ぼくが電話して言ってやるぞ。強姦《ごうかん》未遂幇助《ほうじょ》だ……」

「気でも狂ったのか？　脅迫するような真似《まね》を！」

「交響曲より大事なこともあるんだ。何だか教えてやろうか。人間だよ」

「その人間とやらは販売部数と同じくらい大事なのかい？」

「警察に行くんだ」

「くたばれ」

「いいや。君こそくたばれ」

ヴァーノンのオフィスのドアが突然開き、ジーンが不安に身をよじりながら立っていた。「お取り込み中すみません、ミスタ・ハリデイ」とジーンは言った。「ちょっとテレビを見てください。ミセズ・ジュリアン・ガーモニーが記者会見しています。１チャンネルで」

iv

党幹部たちは事態について長いこと頭をしぼったすえ、いくつか妥当な決定を下した。ひとつは有名な小児科病院にカメラが入るのを許し、キャンディという名の九歳の黒人少女の心臓切開を終えたミセズ・ガーモニーが疲れきった様子ながら幸せそうに公開手術室から出てくるのを写させることだった。また、尊敬に満ちた看護婦や助手たちを従えた外科医が回診を行ない、彼女を崇拝しきっている子供たちに抱きしめられるところも撮影された。それから病院の駐車場で短く映されたのは、ミセズ・ガーモニーと感謝に満ちたキャンディの両親との涙ながらの出会いだった。受話器を叩《たた》きつけ、デスクの書類をかき回してもリモコンを見つけられず、オフィスの一隅の高いところに設置されたモニターまで飛んで行ったヴァーノンが最初に見たのはこうした映像だった。父親が涙にむせびながらパイナップルを五、六個外科医の腕のなかに積み上げる場面では、アナウンサーの声がかぶさって、医師もここまで高い地位となると「先生」と呼びかけるのはかえって失礼であると説明した。彼女はミセズ・ガーモニーなのだ。

さっきの喧嘩《けんか》の余波で心臓をはずませながらヴァーノンはテレビを見るためデスクに戻り、そのあいだにジーンは爪先立《つまさきだ》ちで出て行ってそっとドアを閉めた。画面はウィルトシャーのどこか小高い場所に切りかわり、見下ろすと並木に縁どられた小川がはげ山の起伏をぬって流れている。並木のそばに居心地のよさそうな農園屋敷があり、解説の声がもはや周知となったガーモニー事件の背景を説明するあいだに、カメラはゆっくりとズームで寄ってゆき、生まれたばかりの仔羊《こひつじ》に乳をやっている親羊を映し出した。表の芝生、植え込みの近く、表扉の真正面だった。これも党の決定で、ガーモニー夫妻と成人した子供ふたり、アナベルとネッドは、ローズの病院での仕事が終わると同時に田舎屋敷で長い週末を過ごすために送り出された。ヴァーノンの目に映るガーモニー一家は横木を五本渡した門の向こうから一団となってカメラの方を向き、ニットウェアやオイルクロース製コートというういでたちで、牧羊犬のミリーと家族の飼い猫のブライアンというブリティッシュ・ショート・ヘアがそれに従い、ブライアンはアナベルにやさしく抱かれている。記者会見の最中だが、外務大臣はいつもに似合わず後ろにさがり、なんというか、羊のように、ほとんど仔羊のように従順な顔つきで、主役は妻のほうなのだった。ガーモニーが参っているのは明らかだったが、一家が自分たちを見せる技術、絵柄全体のプロフェッショナリズムにはヴァーノンも感服のあまりうなずくほかなかった。

解説の声が消えてゆくと現場の音が入ってきた、モータードライヴをかけたカメラのカシャッ、ジーッという音、画面外からの怒ったような声。画面がぐらぐら揺れるのは、かなりの押し合いがあるせいに違いない。一瞬空が映り、それからカメラマンの足とオレンジ色のテープが映った。報道陣が群れをなしているのだろう、ラインの後ろに押しこめられて。画面がついにミセズ・ガーモニーに合って固定され、ミセズ・ガーモニーは声明の前置きに咳払《せきばら》いをした。手に何かあったが、メモなど不要という自信を見せつけるためにそれは読まなかった。少し間を置いて全員の注意を引きつけ、それからこれまでの結婚生活を手短かに、自分がロンドン市庁に勤めながらピアニストのキャリアを夢見ており、ジュリアンが貧乏ながら志ある法学生であったころから説き起こした。懸命に働いてその日を暮らした時代、南ロンドンの一間のフラット、アリベルの誕生、自分が晩学で医師になる決意をしてジュリアンがひるまず支持したこと、フラム区の不便な場所に誇らしく手にいれた最初の家、ネッドの誕生、ジュリアンが法廷で成功を重ねたこと、自分の最初の実習、などなど。声はリラックスしており、親しみさえ感じさせて、その力強さは階級や外相の妻という地位からではなく彼女自身の医師としての名声からくるものだった。ジュリアンの経歴を誇りにしていること、ふたりが子供に感じてきた喜び、おたがいの成功も失敗も共にしてきたこと、気楽さと節度を、そして何より正直さを尊んできたこと。

ミセズ・ガーモニーは言葉を切り、ごく自然に微笑《ほほえ》んだ。そもそもの初めに、ジュリアンは自分にひとつのことを打ち明けた。かなり驚きの、いくぶんショッキングでさえある事実を。だが、それはふたりの愛が包みこめないことではなく、年がたつうちに自分はそれに親しみを覚え、夫の個性の分かちがたい一部とみなすようになった。お互いの信頼は絶対だった。このジュリアンの奇妙な癖は別に秘密というわけでもなく、家族の友人である最近亡《な》くなったモリー・レインが記念に写真を撮ったくらいなのだ。ミセズ・ガーモニーは白いボール紙のフォルダーを持ち上げ、同時にアナベルが父の頬にキスし、よく見ると鼻にピアスをしているネッドも、身を乗り出して父の腕に手を触れた。

「やられた」とヴァーノンはうめいた。「ぶちこわしだ」

ミセズ・ガーモニーは写真を引き出し、最初の写真を掲げてみせた。モデル歩きのポーズ、ヴァーノンの新聞の一面だった。ズームインするカメラが揺れ、ラインの後ろで叫び声と押し合いが起こった。ミセズ・ガーモニーは騒ぎが鎮《しず》まるのを待った。騒ぎが鎮まると、冷静な声で、さる政治的意図を持った新聞が夫を地位から追うつもりでこの写真と他の二枚をあした掲載するようだ、と言った。自分が言いたいことはひとつだけだ。新聞の企《たくら》みは失敗するだろう、なぜなら愛は悪意よりも強いから。

ラインが破られ、ジャーナリストたちが押し寄せた。五本横木の門の向こうでは子供たちが父親と腕を組み、母親は毅然《きぜん》と記者たちを見つめ、マイクを何本と突きつけられても微動だにしなかった。ヴァーノンは椅子《いす》から立ち上がっていた。いいえ、とミセズ・ガーモニーは言っていた、喜んで事実をはっきりさせ、噂《うわさ》には何の根拠もないことを明らかにしておきたい。モリーは家族の友人以外のなにものでもなく、ガーモニー家一同は彼女のことを懐《なつ》かしく思い出しつづけるだろう。ヴァーノンがスイッチを切るために部屋を横切りかけたとき、『ザ・ジャッジ』の編集長に対して特に言いたいことは、という質問が外科医に向けられた。ええ、ありますす、と彼女は言ってヴァーノンを見つめ、ヴァーノンはテレビの前で凍りついた。

「ミスタ・ハリデイ、あなたはゆすりたかりのメンタリティと虫けらの道徳をお持ちです」

ヴァーノンは苦痛と賞賛こもごもにあえいだ。ニュースの要《かなめ》となる名文句は一瞬で聞き分ける能力があったからだ。この質問はやらせだ、答えは用意されていたのだ。何と見上げた職人芸！

彼女はもっと言おうとしていたが、ヴァーノンはやっとのことで腕を上げてスイッチを切った。

v

その日の午後五時ごろ、モリーの写真に入札した多くの新聞の編集長たちは、ヴァーノンの新聞の問題は時代の変化に遅れている点だと気がついた。金曜の朝刊でさる高級紙の論説が読者に告げた通り、『ザ・ジャッジ』の編集長は、九〇年代は八〇年代と違うということを見落としていたようだ。八〇年代には積極性が標語とされたが、その実は貪欲《どんよく》と偽善が支配していた。われわれが生きている時代はより理性的、同情的にして寛容であり、いかに公人とはいえ、一個人の私的で無害な嗜好《しこう》はわれわれの関知するところではない。公益の要素がないところでは、脅迫という古風な営みやひとりよがりの告発は意味をなさないのであり、本紙は虫けら一般の道徳的感性を決しておとしめるものではないが、やはり昨日のミセズ・ガーモニーの発言は至当とせざるをえず……」云々《うんぬん》。

一面の見出しは「ゆすりたかり」と「虫けら」にほぼ半々に分かれ、ほとんどの新聞は、新聞協会の晩餐《ばんさん》会で撮られたよれよれのディナー・ジャケット姿で一杯気分のヴァーノンの写真を使っていた。金曜には異性装者桃色連合《トランスヴェスタイト・ピンク・アライアンス》のメンバーが一千人、ジャッジ・ハウスの前をハイヒールで行進し、お笑い草になった一面を掲げてふざけた裏声で歌っていた。同じころ、与党は機に乗じて圧倒的多数で外務大臣を信任した。首相は突然勇気百倍して旧友を弁護しはじめた。週末には、『ザ・ジャッジ』はやりすぎで唾棄《だき》すべき新聞であり、ジュリアン・ガーモニーはまともな人間でヴァーノン・ハリデイ（「虫けら」）こそがけしからぬ男、馘首《くび》の座に据えられるべきやつだという一般の了解ができた。日曜版では、自分のキャリアを積みながらしかも夫の窮地を救った「新しい良妻」がライフスタイル欄で紹介された。社説はミセズ・ガーモニーのスピーチの未紹介部分に専念し、そのなかには「愛は悪意より強い」も入っていた。『ザ・ジャッジ』では、幹部社員たちは自分たちの疑いが議事録に残っていることを喜んでいたし、一般の記者たちにとっては、グラント・マクドナルドが「懸念《けねん》が聞き入れられなかった以上は忠誠をつくしたままでだ」と社員食堂でもらしたのが行動の指針となった。月曜にはすべての記者がみずからの懸念と忠誠を思い出していた。

『ザ・ジャッジ』の重役連は月曜の午後に緊急会議を開いたが、話は社員たちほど簡単にいかなかった。それどころか、ことはかなり面倒だった。先週の水曜に全員一致で支持決議を出した編集長をどうやってクビにできるというのだ？

　二時間ばかりも話がもつれて前言撤回がくり返されたあげく、ジョージ・レインが名案を出した。

「そうだ、あの写真を買ったことは別にいいんだ。それどころか、あの男はかなりいい買い物をしたらしい。ハリデイのミスはローズ・ガーモニーの記者会見を見た瞬間に一面を引っこめなかったことだよ。ストップをかける時間はいくらでもあったんだ。遅版までは載らないんだから。そこを強行したのが間違いだった。金曜にはこっちの方が笑いものになったじゃないか。風向きを読んでさっさと抜け出すべきだったんだ。言わせてもらえば、編集長としての読みがまったくなっていない」

vi

次の日、編集長は幹部社員たちとひっそり会合を開いた。そばにトニー・モンタノが黙って控えていた。

「コラムの連載を増やすべきだね。金がかからないし、どこでもやっていることだ。頭のできが中より下のやつ、女がいいかな、それを雇って、まあ、どうでもいいことを書かせるんだ。見たことがあるでしょう。パーティに行って誰かの名前が思い出せないとか。千二百語で」

「むだ話のようなもんかな」ジェレミー・ボールが言った。

「いやいや。話じゃ知的すぎる。むだしゃべり、みたいなもんだね」

「ビデオレコーダーが動かせない、とか。あたしのお尻《しり》、大きすぎるかしら、とか？」

レティスが助け船を出した。

「そうそう。他にもないかな」編集長はアイディアを出せという合図に両手をひらひらさせてみせた。

「モルモットを買った、とか」

「二日酔い」

「下の毛に白髪ができた」

「スーパーマーケットでいつもぐらぐらの買い物カートに当たる」

「うまい。それはいい。ハーヴィ？　グラント？」

「そうだねえ。ボールペンがすぐなくなる、どこへ行くんだろう？」

「ええ、歯に開いた小さい穴から舌が離せない」

「素晴らしい」とフランク・ディベンは言った。「どうもありがとう。明日も話し合うことにしよう」

V

i

朝早く、日の出どきの軽い興奮が鎮《しず》まり、ロンドン全体がすでにどやどやと仕事に向かいはじめ、創造のための奮闘がついに疲労に征服されるころに、ピアノから立ち上がってスタジオの電気を消しにドアロまで足を引きずってゆき、ふり返ってみずからの労苦をとりかこむ豊かに美しい混乱を目にするときなど、クライヴはふと考えることがあったが、それは世界の誰にも打ち明けられることのないほんのかすかな思い、日記につけられることさえない思いで、そのキーワードは心のなかでもごくためらいがちにしか形にされなかった。ごく簡単にいえば、それはこういう思いだった。誇張のないところ自分は……天才ではないか。天才。心の耳にはためらいがちにささやいてみたが、口に出すことは決してなかった。クライヴは見栄《みえ》っぱりではなかった。天才。この言葉はめったやたらに濫用《らんよう》されて価値を下げてきたが、あるレベルの到達点、人の意見などに左右されない不動にして絶対的な水準というものは存在するはずだ。そこまで達したものは多くない。イギリス人でいえばシェイクスピアはもちろん天才だし、ダーウィンとニュートンもそう言われている。パーセル、ほぼ天才。ブリテン、少し落ちるが範囲内だ。しかしこの国にベートーヴェンはいなかった。

このような思いを抱くとき――湖水地方から戻っていらい三、四度あったが――世界は巨《おお》きく静かになり、三月の朝のグレイブルーの光を受けて、ピアノ、コンピュータ、皿やカップ、それにモリーの肘《ひじ》掛《か》け椅子《いす》は外見に立体性と厚みを帯び、若いころメスカリンを飲んだときに見たものを思い出させた。すべては大きさを増し、人らかな意味を帯びて釣りあっている。ベッドに入るために自分が後にしようとしている部屋の様子は、傑作がいかにして生まれるかを好奇的な大衆に知らしめるべく自分についてドキュメンタリー映画が作られたならこうもあろうかという感じだった。部屋の中から自分をとらえたほの暗いショットも想像できた、汚れただぶだぶの白シャツでドアロにたたずむ姿、ジーンズのベルトを突き出た腹にきつく締め、眼はくまができて疲労に充血している。ぼさぼさの髪と無精ひげの、ヒロイックでどこか親しみのある作曲家。今までにないほどこんこんとほとばしる喜ばしき創造力がまさしく絶頂を迎えるのを感じながら、クライヴはほとんど幻覚状態で仕事から立ち上がり、浮かぶような足どりで階段を下りて寝室に向かい、靴を蹴《け》りすててシーツにもぐりこみ、そして落ち込んでゆく夢のない眠りは病的な無感覚、空白、死だった。

午後遅く目を覚まし、靴をはいて、ハウスキーパーが置いていった冷めた料理を食べるためにキッチンに下りていった。ワインを一本あけてスタジオに持って上がった。そこでは魔法瓶にいっぱいコーヒーが入っていて、新たに夜への旅が始まる。背後のどこかで、まるで獣のようにクライヴをつけねらい、距離を縮めつつあるのが締切だった。一週間あまり後にはアムステルダムで二日間のリハーサルのためジュリオ・ボーとブリティッシュ・シンフォニー・オーケストラに直面せねばならず、その二日後にはバーミンガム・フリー・トレード・ホールでの初演が控えている。千年紀の終わりにはまだ間があるのだから、このプレッシャーは相当に不条理だった。すでに最初の三楽章の清書原稿は持っていかれ、パート譜に書写されている。秘書が何度かやってきて最終楽章のでき上がったページを持ってゆき、写譜係がチームで働いていた。今や見直しの時間はなく、とにかく仕事を押し進めて来週までに終えることを望むしかなかった。クライヴはぶつくさ言ったが、心のなかではプレッシャーにも動じておらず、実はこれこそが、作品を崇高なフィナーレまで持ってゆく巨大な努力に没頭した状態こそが、クライヴにとっては仕事のあるべき姿なのだった。神さびた石段は登られ、音の断片は霧のように融《と》け去り、新しいメロディはまず弱音器《ミュート》をつけたトロンボーンによる孤独な出現を暗く記され、入りくんだハーモニーをもった合奏の衣をまとってゆき、ついでやってくる不協和音とめくるめくような変奏は空間へと飛び散って二度と帰らず、メロディはいまや爆発の逆回しのように凝縮の過程に入り、急速にすぼまって静止した一点となる。そしてまたミュートをつけたトロンボーン、それから巨人が吸う息のような抑えたクレッセンド、メロディが途方もない規模で最後の再現を（興趣に満ちながらも未解決の差異をもって）行なわれ、次第にペースを増してほとばしる波となり、不可能な速度で疾走する音の津波となって、ぐっと持ち上がり、さらに高く、人間の許容範囲を越えてさらに高くなり、そしてついに前にのめり、どっと崩れてめまいがするような高度を落下し、基調であるハ短調の堅固に安定した地面にぶつかって砕け散る。そこに残るのは無限の空間における解決と平和とを約束する金管の最低音だ。そして四十五秒にわたって融解するディミヌエンド、楽譜に記された四小節の沈黙。これが終わりだ。

それはほぼ成し遂げられていた。水曜の夜から木曜の朝にかけて、クライヴはディミヌエンドを見直して完璧《かんぺき》にした。今必要なことといえば、大規模な再現部までスコアを数ページさかのぼって、ハーモニーを、あるいはメロディ自体を変形するか、流れに逆らうリズム、音形の尖端《せんたん》に切り込むシンコペーションを何らかの形で考え出すかだった。クライヴにとってこの変形は作品終結部の不可欠な要素となっていた。未来の不確定性を暗示する必要があるのだ。もはや耳慣れたメロディが最終的に戻ってきて、微妙だが重大な変化を加えられた姿を現すとき、聴衆は不安にかられるだろう。従来の知に依存しすぎてはいけないという警告だ。

木曜の朝、ベッドの中でこのようなことを考えながら眠りにつこうとしたときにヴァーノンから電話があった。励ましになる電話だった。クライヴの方でも戻ってきていらい連絡しようと思っていたのだが、仕事に押し流されて、ガーモニーも、写真も、『ザ・ジャッジ』のことも、よく覚えていない映画のサブプロットのような感じだった。ただひとつ分かっているのは誰とも争いたくないことで、昔からの友人であればなおさらだった。ヴァーノンが会話を打ち切って明日の夕方一杯やりにいくと言ったとき、クライヴはそれまでには終わっているだろうと思った。再現部の重要な変更も書きこみ済みだろう、一晩の徹夜で十分なのだから。最後の数ページも秘書が持ってゆくだろうから、何人か友達を呼んでお祝いのパーティをやってもいい。このような幸せな考えにひたりながらクライヴは眠りに沈んでいった。それからあの番狂わせ、二分も眠ったとは思えないうちにヴァーノンの尊大な尋問に起こされたのだった。

「すぐ警察に行って、君の見たことを全部話してほしい」

この言葉がクライヴを揺り起こして真実に気づかせた。トンネルを抜けて光のもとに出たようだった。実際、そのときよみがえってきたのはペンリスへの列車旅行、忘れかけていたあのときの考えとその苦い味だった。ふたりがひとこと言うたびに歯車がカチリと回った――普通の言葉づかいに戻る道はないのだった。モリーの思い出に訴えることで――「モリーの墓穴に糞《くそ》をたれるようなことだよ」――クライヴはどっと襲ってくる煮えたぎった怒りに身をまかせ、ヴァーノンが不埒《ふらち》にも自分で警察に行くと脅かすと、クライヴは息を飲んでシーツをけとばし、靴下のまま電話のそばに立って最後の罵声《ばせい》のやり取りにかかったのだった。こちらから切ってやろうとしたところでヴァーノンのほうが切った。靴紐《くつひも》など結ばぬまま、クライヴは怒り狂って悪態をつきながら階段を駈《か》け下りた。まだ五時にもなっていなかったがクライヴは飲みはじめた、飲まずにはいられず、止めるやつがいれば殴り倒す気だった。もちろん誰もいなかった、ありがたいことに。クライヴが飲んだのはジントニック、ただしほとんどがジンで、氷もレモンも入っておらず、流しの脇《わき》に立って一気に飲み干し、苦々しい気持であの不埒さのことを考えた。**何という不埒さ！**　クライヴは友達と勘違いしていたあのくず野郎にどんな手紙を送ってやろうかと考えはじめた。あの野郎の憎むべき卑《いや》しい仕事、腐り切った冷笑的な陰謀精神、追従《ついしょう》たっぷりにすりよってくる偽善的な自己卑下のあつかましさ。害虫《ヴァーミン》・ハリデイ、創造の何たるかを理解できない男。人生においてよきものを作り出せず、それができる人間への憎しみに溺《おぼ》れているのだ。やつの道徳的立場とはニュータウン的なみみっちい気取りに他ならず、その実は長いあいだ首のところまで糞に漬かっていたのであって、それどころかわざと糞の上に住まってきたのに他ならず、卑しい利益を増進するためとあれば喜んでモリーの思い出をけがし、ガーモニーのような気の小さい間抜けを破滅させ、安新聞的な煽情《せんじょう》作戦に出ておきながら、その間じゅうずっと、自らにも、聞く耳をもつものどもにも——息を飲まざるをえないのはこの点だ——自分は義務を果たしているのだ、高尚な理想のために働いているのだと説きつづけてきたのだ。気違いだ、病気だ、あんな男は生きるに値しない！

キッチンで呪《のろ》いの言葉を吐きつづけるうちにクライヴは二杯目、三杯目と重ねていった。昔からの経験で、怒り狂って出した手紙は敵に武器を与えてやることにしかならないのが分かっていた。毒薬として保存しておいて、のちのちまでもこちらを責めさいなむのに使われるのだ。それでも今すぐに書きたかったのは、一週間もおくと怒りが弱まるからに他ならなかった。簡潔な葉書一枚で我慢して、送るまでに一日おくことにした。**君の脅迫は実に面白い。君のジャーナリズムも。クビになるのが当然だ。クライヴ。**シャブリのボトルを開け、冷蔵庫に入っている鮭《さけ》のクルート乗せは無視して、最上階に上がり、けんか腰で仕事にかかろうとした。いつの日かヴァーノン・ハリデイは影も形もなくなるだろうが、クライヴ・リンリーの音楽は残り続けるだろう。作品が、冷静で断固として勝利に満ちた作品がそのとき復讐《ふくしゅう》をとげるだろう。しかしけんか腰は集中の助けにはならず、ジン三杯とワイン一本もまた同じであって、三時間がたってもまだクライヴはピアノに載せたスコアをにらんでおり、仕事の姿勢で背中を丸め鉛筆を握って顔をしかめてはいても、目や耳に届いてくるのは手回しオルガンに乗せてひとところを回りつづける思考の回転木馬、編み飾りをつけたポールの上で上下運動をくり返して通ってゆく固く小さな馬たちなのだった。またやってきた。不埒な！　警察だと！　可哀想《かわいそう》なモリー！　正義づらをしやがって！　道徳的立場だと？　首まで糞に漬かって！　不埒な！　それにモリーは……？

九時半にクライヴは立ち上がり、一度冷静になって少し赤ワインを飲み、仕事にかかることにした。自分の美しい主旋律、自分の歌はこうしてページの上に展開され、自分の注目を求め、霊感による最終仕上げを待っており、いっぽう自分は集中されたエネルギーに満ちあふれ、いつでも取りかかれる態勢にあるではないか。しかし下におりたクライヴは改めて見出した夜食をキッチンでぐずぐず食べ、ラジオでモロッコのトゥアレグ遊牧民の歴史を話しているのを聞き、それから三杯目のバンドールを注いで家のなかを放浪しに出かけ、自らの存在を探る人類学者となった。一週間ほど居間に入っていなかったクライヴはこの広々とした部屋を歩き回り、絵や写真を初めて見るようにじっと眺め、家具に手をすべらせ、マントルピースからものを持ち上げた。ここに自分の人生すべてがある。何と豊かな歴史だろう！　ここにあるもっとも安いものを買う金も、音符を並べ音響を作りあげることで稼ぎ出されたのだ。ここにあるものはすべて、想像力と意志力によって誰の手も借りずに出現したのである。成功を祝うためにクライヴはグラスを一気に空け、キッチンに戻ってまたグラスを満たすと今度はダイニングルームの探検に出かけた。十一時半にスコアの前に戻ってみると、自分の眼にさえ音符はじっとしておらず、ひどく酔っていることは認めざるをえなかったが、あんなひどい裏切りにあって飲まずにいられる者があるだろうか？　本棚に半分飲み残しのスコッチがあったのでクライヴはそれをモリーの椅子にもっていった。プレイヤーには前からラヴェルが入っていた。リモコンを上げてCDプレイヤーに向けたところでその晩の記憶はとぎれていた。

夜の明けぬうちに眼が覚めるとヘッドホンは顔に斜めにかかっており、ひどく喉《のど》が渇いていたのはトゥアレグ族の持っている唯一《ゆいいつ》のピアノを背負って四つんばいで砂漠をゆく夢を見たせいだった。バスルームの蛇口から水を飲んでベッドに入り、暗闇《くらやみ》のなかで眼を開けたまま何時間も横たわり、疲れきって、脱水状態で感覚だけがささくれだち、どうしても心が回転木馬に戻っていった。**首まで糞に？　道徳的立場だと！　モリー？**

午前も半分終わるころに短い眠りから覚めると、あの興奮、創造活動の絶頂は終わってしまったのが感じられた。疲れて二日酔だというだけではなかった。ピアノの前に座って変奏のために何通りかアプローチを試みた瞬間、このパッセージのみならず楽章全体が死んでしまったのが分かった——一瞬にして消え去り、ひどい後味だけが残っていた。交響曲全体のことは真剣に考えるのが怖かった。最後の数ページを取りにくる手はずを整えるために秘書が電話してきたとき、クライヴはかんしゃくを起こして、後から詫《わ》びの電話を入れなければならなかった。頭をすっきりさせるために散歩に出てヴァーノンへの葉書を投函《とうかん》したが、これは今日読んでも自制のきいた手紙の見本と思えた。途中で『ザ・ジャッジ』を一部買った。集中力を殺《そ》がれないように新聞もテレビやラジオのニュースも禁じていたから、ヴァーノンの前宣伝は知らなかった。

だから、家に帰ってキッチンのテーブルに新聞を広げたときはショックだった。ガーモニーがモリーの前でポーズし、彼女のためにしなを作り、カメラが彼女の暖かい手に抱かれ、クライヴがいま見ているものをかつて彼女の生ある眼が捉《とら》えていたのだ。しかし一面がクライヴを悩ませたのは、ひとりの男がデリケートでプライベートな瞬間を捉えられているからではなく、あるいは少なくともそれだけではなく、『ザ・ジャッジ』がこれほどまでにのぼせあがり、話題にとてつもない意味をもたせているからでもあった。まるで犯罪的な政治的陰謀が発覚したか、外務省の机の下から死体でも見つかったように。なんたる不体裁、不見識な逆上ぶりであることか。それにまた、できるだけ残酷になろうとしている紙面も不思議だった。たとえば、大げさで軽蔑《けいべつ》的な政治漫画、「引きずり《ドラッグ》」と「女装《ドラッグ》」の下らない語呂合わせで大見得《おおみえ》を切る論説、「尻《しり》をからげて」というといわしいギャグ、無理矢理に対比した「盛装《ドレッシング・アップ》」と「制裁《ドレッシング・ダウン》」。さっきの考えがまた浮かんだ。ヴァーノンは憎むべき男であるにとどまらず、頭もおかしいに違いない。しかしそれで憎しみがおさまるわけではなかった。

二日酔いは週末を越えて月曜まで続き――この年になると治りにくいのだ――からだ全体の吐き気が苦々しい思考にふさわしい背景となった。仕事は行き詰まった。熟した果実だった作品はいまやひからびた小枝となっていた。写譜係たちはスコアの最終十二ページを手に入れようと必死だった。オーケストラのマネジャーが三回電話してきたが、声はパニックを抑えようとして震えていた。リハーサルのためにコンセルトヘボウが金曜から二日間莫大《ばくだい》な費用で予約され、クライヴが要求した追加の打楽器奏者とアコーディオン奏者も押さえてある。ジュリオ・ボーは作品の結末を一刻も早く知りたがっており、バーミンガムでもすべてが手配してある。木曜までに完全なパートスコアがアムステルダムに着かなければ、自分——マネジャー——は手近な運河に身を投げるしかない、という。自分より大きな苦悩を抱えた人間に直面するのは慰めとなったが、それでもクライヴは仕事を進めようとしなかった。クライヴはあの重要な変奏をものにしようと突っ張っており、そうした場合の常で、作品の一貫性はそこにかかっているような気がしはじめていた。

言うまでもなく、これは破滅的な考えだった。いまやスタジオに入るとそのむさ苦しさがクライヴを押さえつけ、いざ楽譜の前に——いまの自分より若く、自信にあふれ、才能のあった人間の書いたものの前に——腰を据えると、仕事ができないのはヴァーノンのせいだと思えて、怒りは倍増した。集中力は破られた。それも白痴の手によって。自分の傑作が、生涯の仕事の頂点が台なしにされたことは明白になりつつあった。交響曲が完成しておれば、聴衆たちに自分の他の作品を鑑賞する方法を、いや、それらの聴き方を教えることができたろう。いまや天才の証《あか》し、天才のしるしそのものが破壊されたのであり、偉大さも盗み去られてしまった。というのも、これほど大規模な作曲を試みることがもうありえないことをクライヴは承知していたからだ。自分は疲れ、才能をしぼりとられ、年老いてしまった。日曜は居間でぐったりしながら金曜の『ザ・ジャッジ』の記事の残りを読んだ。世界はいつもの混乱のうちにあった。魚の性別が変わり、イギリスの卓球が弱くなり、オランダでは医師免許をもった不道徳なタイプの人間が、年とって邪魔になった親を合法的に始末する商売をやっている。面白いじゃないか。必要なのは年老いた親のサインのコピーと数千ドルの金だけだ。午後になるとクライヴは長いあいだハイド・パークを歩き回ってこの記事のことを熟考した。実際、自分はヴァーノンと契約を結んだのであって、それに伴う義務はやはり否定できない。ちょっとした調査が必要だろうか。が、月曜は仕事の真似《まね》ごと、自分をあざむくためスコアをいじることで費やされ、しかも夕方にはやめてしまうくらいの理性は残っていた。アイディアすべてが凡庸だった。自分は交響曲に手を触れる資格がない。みずからの創造物に値せぬ人間なのだから。

火曜の朝クライヴを起こしたオーケストラのマネジャーは受話器ごしにクライヴを怒鳴りつけた。リハーサルは金曜なのに、完全なスコアはまだないのだ。同じ午前中に友人が電話してきて大ニュースを知らせてくれた。ヴァーノンがやめさせられた！　クライヴは急いで新聞を買いに出た。金曜の『ザ・ジャッジ』からさき、ものを読んだり聞いたりしていなかった。そうでなければ、世論が編集長を非難するようになったのは知っていたろう。クライヴはコーヒーカップをダイニングルームにもってゆき、そこで新聞を読んだ。ヴァーノンの行動に対する自分の意見が確証されたことを知るのは陰気な愉《たの》しみとなった。自分はヴァーノンへの義務を果たし、説得を試みたが、ヴァーノンは聞く耳をもたなかった。三紙の容赦ない非難を読んだあと、クライヴは窓のところに行って、庭のすみにあるリンゴの木の下でひとむらのスイセンが育ってきたのを眺めた。気分がよくなってきたことは認めざるをえなかった。初春だ。サマータイムが始まるのも近い。四月、交響曲の初演がすんだら、ニューヨークのスージー・マーセランのところに行こう。それからパロアルト音楽祭で自作が一曲演奏されるカリフォルニアへ。クライヴは自分の指が暖房機の上に新しいリズムを刻んでいるのに気付き、雰囲気の変化、調の変化、そして移りゆくハーモニーとティンパニの野蛮なリズムの上に維持されるひとつの音を想像した。向きを変えて急いで部屋を出た。ひとつのアイディアが、いや、アイディアの四分の一が湧《わ》いてきており、それが消えるまでにピアノにつかなければならない。

スタジオにはいると本や古い楽譜を床に払いのけて机の上に平面を確保し、五線紙と削った鉛筆を出し、ト音記号を書いたところで下のドアベルが鳴った。手を凍りつかせてクライヴは待った。また鳴った。今は下りてゆけない、今はだめだ、何とかあの変奏ができそうなのだから。失業した炭鉱夫のふりをしてアイロン台のカバーを売りつけるようなやつだろう。またベルが鳴って、それから沈黙。去っていった。一瞬、あのかすかなアイディアは失われた。それからまた手にした、あるいは一部だけ手にした、そして和音の縦棒を引いているところに電話が鳴った。スイッチを切っておけばよかった。いらいらしながらクライヴは受話器をつかんだ。

「ミスタ・リンリー？」

「はい」

「警察です。警視庁の捜査課です。お宅の玄関の前にいるんですが。ちょっとよろしいですか」

「ええ、そのう、三十分ほどして出直していただけませんか？」

「それはちょっと。いくつか質問があるんですがね。ひょっとすると、マンチェスターで面通しにご協力いただくかもしれません。容疑者を確定させたいんで。二、三日ですむと思います。ですから、開けていただきたいんですよ、ミスタ・リンリー……」

ii

あたふたと出勤の支度をしたマンディがワードローブのドアを半分開けたまま出ていったので、ヴァーノンは縦に細長くスライスされた自分の像に責められることになった。枕《まくら》で身を支え、マンディがもってきた紅茶茶碗《ちゃわん》を腹の上に乗せ、ひげの伸びた顔は寝室の暗がりのなかで青白く、手紙やダイレクトメールや新聞が脇《わき》に散らばっている——失業の図像そのものだ。**非雇用**。突然ヴァーノンはこの経済欄用語を理解した。この火曜の朝、用のない時間がたっぷり控えていたから、昨日の解雇いらいわが身に振り積もった屈辱と皮肉をじっくり考えることができた。たとえば、解雇を告げる手紙をオフィスに届けたのは何も知らぬ編集部員、まさに自分が解雇から救ってやったあの字の綴《つづ》れない編集部員だったという不思議さ。それからあの手紙、辞職を懇請して見返りに一年分のサラリーを保証する手紙。編集長の契約条件がそれとなく触れられているのは、ヴァーノンの見るところ、辞職を拒否して表立った解雇を余儀なくさせるなら退職金はゼロだということを遠回しに思い出させる手段だった。手紙は結論として、いずれにしてもヴァーノンの契約は今日をもって終わるのであるから、重役会議は彼が発揮した鮮やかな手腕を祝福し、将来の計画の成功を祈りたいと愛想よく述べていた。なるほど。自分は出ていかねばならず、六けたにやっと届く額をもらうか断わるかは自由なのだった。

辞表のなかでヴァーノンは販売部数が十万部も上がったことを指摘した。数字を書くこと、ゼロを並べること、それだけでも苦痛だった。編集長室から外のオフィスに出て封筒を渡したとき、ジーンはこちらの顔をまともに見られないようだった。デスクから私物を引き上げるため編集長室に戻るときも、ビル全体が奇妙に静かだった。みんなに知れているらしいとオフィス勤めの本能で分かった。ドアを開けたままにしておいたのは、誰かひとりくらい、仲間としての言葉をかけるため型通りの友情の道を踏んではこまいかと思ったからだった。持ちかえるべきものはあっさりブリーフケースに収まった――マンディと子供たちの額入り写真、デイナからの猥褻《わいせつ》な手紙が二、三通、これは下院の用紙に書いたものだ。怒りと同情を表明するために顔を出すものなどいないようだ。ワイシャツ姿の同僚たちが押しかけてきてオールド・スタイルで背中をバシンとやって送り出してくれるでもないらしい。ああそうかい、それじゃ行くとしよう。ヴァーノンはインターコムでジーンを呼んで、下りてゆくから運転手に言っておいてくれと言った。ヴァーノン付きの運転手はもういないのだとジーンはインターコム越しに言ってよこした。

ヴァーノンはコートを着るとブリーフケースをつかんで編集長室を出た。ジーンは急用を見つけて姿を消していたので、エレベーターに乗るまでひとりの人間にも会わなかった。さよならを言ってくれたただひとりの人間は入口のデスクにいる守衛で、ヴァーノンの後釜《あとがま》が誰か教えてくれたのもこの男だった。ミスタ・ディベンだそうで、はい。ヴァーノンはほんの少しうなずいて、もう知っているふりだけはしてみせた。ジャッジ・ハウスの外に出ると雨だった。タクシーを呼ぼうと手を上げたが、ほとんど現金を持っていないのを思い出した。地下鉄に乗り、土砂降りのなかを半マイル歩いて家に帰った。すぐさまウィスキーを飲みはじめ、マンディが帰ってくるとひどい口喧嘩《くちげんか》になったが、マンディは慰めようとしただけなのだった。

ヴァーノンは茶碗を持ってベッドに沈みこみ、心のなかの走行距離計が侮辱や屈辱を計算しつづけた。フランク・ディベンが裏切りもので、同僚たちが自分を見捨て、すべての新聞が自分の解雇に歓声を上げているというだけではなかった。イギリス全体が虫けらがひねりつぶされたことを喜び、ガーモニーが無傷のままでいるというだけではなかった。自分の脇には自分の失脚をあざ笑う葉書があり、それを書いたのは自分の一番古い友人で、仕事を中断されるくらいなら目の前で女がレイプされても構わないほどのご立派な道徳家なのだった。なんと忌《い》まわしい狂った言いぐさ。執念深くも。こうなれば戦争だ。今すぐに。やるぞ、ためらうな。ヴァーノンは紅茶を飲み干して電話を取り上げ、社会部時代に知り合ったニュー・スコットランド・ヤードの知り合いに電話をかけた。十五分後、話は細部まで告げられ、ことは終わったが、まだもやもやは晴れず、気は済まなかった。クライヴの行いは法に触れるものではないらしい。面倒な義務をしょいこませてはやれるが、それ以上のことはないのだ。これでは不十分だ。重大な結果がなくては。ヴァーノンはベッドのなかでさらに一時間ばかりこのことを考え続け、それからやっと服を着たがひげは剃《そ》らず、午前中ずっと家のなかでぐずぐずして過ごし、電話にも出なかった。気晴しのために金曜の『ザ・ジャッジ』を取り出した。じっさい、すばらしい一面ではないか。世間のほうが間違っているのだ。ほかの部分もよくできており、レティス・オハラのオランダの記事はヴァーノンも誇れる内容だった。いつの日か、とりわけガーモニーが首相になってイギリスが瓦礫《がれき》の山と化したときにこそ、人々はヴァーノン・ハリデイを職から追ったことを後悔するだろう。

しかしそんな慰めは長持ちしなかった。何しろそれは未来のことだし、いまの現実は自分がクビにされたことなのだ。オフィスにいるべき時間にこうして家にいるではないか。自分にできる仕事はひとつしかないし、その仕事に雇ってくれる人間はいない。自分は不名誉にまみれ、新しい仕事につくには年をとりすぎている。慰めが長持ちしなかったもうひとつの理由は、考えがどうしてもあの忌まわしい葉書に、ぐりぐりとえぐるナイフに、傷口にすりこんだ塩に戻っていったことで、時がたつうちにその葉書は過去二十四時間のありとあらゆる屈辱を象徴するものになっていた。クライヴからの短いメッセージはこの出来事の毒をすべて凝縮した物体だった――自分を非難するものの盲目さ、彼らの偽善と執念深さ、そしてなによりも、ヴァーノンが人間の悪徳のなかで最悪と考えるもの――個人的な裏切り。

英語のように慣用語法が支配的な言語では、誤解というものはどうしても起こらずにすまない。アクセントを前にずらしただけで動詞が名詞に、行為が物に変化する。to refuse――間違いだと信じられるものにノーをつきつけること――が、一瞬にしてrefuse――おそろしい量のごみの山――に変化する。単語でもそうだが、文章でもそうだ。クライヴが木曜に書いて金曜に投函《とうかん》したのは、**クビになるのが**当然だ、という文章だった。火曜日、解雇の余波のなかでヴァーノンが必然的に理解したのは、クビになるのが**当然だ**、だった。手紙が月曜に届いておれば、ヴァーノンの理解も違っていたろう。これがふたりの運命の喜劇的なところで、一級郵便の切手を貼《は》っておけば双方とも大いに助かったはずなのだ。もっとも、これよりほかの結果はなくて、これこそがふたりの悲劇の性質だったのだとも考えられる。それならば、ヴァーノンが日がたつにつれて恨みを深め、ついこの間ふたりが交した契約とそこから生じる厳粛な義務のことをいくぶん都合よく解釈したのも運命だったのだろう。明らかにクライヴは理性を失っており、何か手を打たなければいけない。その決心を固めさせたのはこのような思いだった――

世間が自分をひどい目に遭わせ、自分の人生が破滅させられたときにあって、あの旧友がもっとも残忍な態度に出たというのは許しがたいのみならず狂気の所業でもあるのだ。不正義のことを思いつめるものには、復讐《ふくしゅう》への志向が都合よく義務感と結びついてしまうこともある。何時間かたち、ヴァーノンは『ザ・ジャッジ』を何度か取り上げてオランダの医療スキャンダルを読み返した。さらに後になって、自分でも何本か電話をかけてくわしく調べた。さらに用事のない数時間が過ぎてゆくなか、ヴァーノンはキッチンでコーヒーを飲みながら、台なしにされた将来のことを思い、クライヴに電話をかけて仲直りのふりをすることで自分をアムステルダムに招待させようかと考えていた。

iii

すべてしっかり整えたか？　何も見落としはないか？　本当に合法か？　そのようなことを考えるクライヴを閉じ込めて、ボーイング757は凍りつくような霧のなかマンチェスター空港の北端に駐機していた。霧はやがて晴れる見込みだったのでパイロットが離陸待ちの列に入っておきたがり、乗客たちは不機嫌に黙りこんで飲み物のワゴンで気を紛らしていた。時刻は正午、クライヴはコーヒーとブランディとチョコレート・バーを注文した。席はほかに客のいない列の窓側で、霧の合間から見えるほかのジェット機は先を争うような形でいいかげんな末広がりの列を作り、その形態はどこか陰気で粗野だった。小さな頭の下の細い眼、寸詰まりで重たげな腕、上向きの黒い尻《しり》の穴──こんな生き物が互いに気づかいなどできるわけがない。

答えはイエス、調査も計画も完璧《かんぺき》だった。事は起ころうとしていて、クライヴは興奮を感じた。小粋《こいき》なブルーの帽子をかぶってほほえんでいる女に片手を上げると、彼女はクライヴが二本目のミニチュア瓶を頼むことにしたのを心からうれしがり、それを運んでくることを光栄に感じているようだった。全体的に見て、今までの苦労と先に待ち受ける試練、それにこれから事態が急転直下の展開をみせるだろうことを考えると、そう悪い気分ともいえなかった。リハーサルの最初の数時間には間に合わないが、新作をなんとか形にしようとしているオーケストラは――いつでもてんやわんやだ。初日は欠席するのが賢明かもしれない。銀行に問い合わせたところ、一万ドルをゾリーンケースに入れて運ぶのは法の範囲内で、スキポール空港でも説明の必要はないとのことだった。マンチェスター署のことはうまくやってのけたはずで、むこうも丁重に扱ってくれたし、署の張りつめた空気にも、多大な協力をしてやった忙しい男たちにも、ほとんど愛着さえ感じられた。

ユーストン駅からヴァーノンを呪《のろ》い続けたクライヴが最悪の気分で署につくと、署長みずからが受付までやってきて大作曲家を出迎えた。クライヴがわざわざロンドンから協力に出向いたことに大感謝の様子だった。もっと早くに来なかったことを怒っているものなど誰ひとりいないようだった。何人もの警官が言うには、この事件に協力していただけるだけで有難いということだった。クライヴが供述を行なうと、警官たちは、締切つきの注文で交響曲を書くのがいかに大変であるか、岩の後ろに隠れながらクライヴがなんと苦しい板ばさみにあったものか、すべて分かりますよと言ってくれた。警官たちはあの決定的なメロディを作ることの難しさをくわしく知りたいようだった。ちょっと歌っていただけませんか？ いいですとも。ときどき警官のうちの誰かが、それではこの男のことに戻るとしまして、などと言った。聞いてみると、署長は大学の公開講座で英文学の学位を取るために論文を書いており、特にブレイクに興味があるという。食堂でベーコンサンドを食べながら、署長は「毒の木」をすべて暗唱してみせ、クライヴは一九七八年にまさにその詩に曲をつけたこと、次の年にオールドバラ音楽祭でピーター・ピアーズが歌ったがそれ以来一度も歌われなかったことを話してやった。食堂では、二つ並べた椅子《いす》の上に六か月の赤ん坊が眠っていた。若い母親は泥酔が覚めるまで一階の独房に入れられていた。最初の一日のあいだ、母親の泣きわめいたりうめいたりする声がペンキのはげた階段からときどき立ちのぼってきた。

クライヴは人々が取り調べを受ける署の中心部に入ることを許された。夕方、供述を確認するために待っていたクライヴは、当番の巡査部長の目の前で騒ぎが起こるのを目にした。大柄で汗をたらしたスキンヘッドの少年がコートの下に錠前切りとマスターキーと回し鋸《のこ》と大型ハンマーを隠して他人の家の裏庭に隠れているところを捕まったのだった。自分は泥棒ではないから牢屋《ろうや》になど入らないと少年は言い張った。入るのだと巡査部長が言うと、少年は巡査のひとりの顔を殴りつけ、ほかのふたりが少年を床にねじ伏せて手錠をかけて連れ去った。誰も大して気にしていないようで、唇を切った巡査も平気な顔だったが、クライヴは早鐘を打つ心臓を手で押さえ、椅子に腰を下ろさねばならなかった。それからパトロール係が、廃業したパブの駐車場で見つけた青白い顔をして口をきかない四歳の男の子をつれてきた。しばらくすると、アイルランド系の家族が涙を流しながら引き取りにきた。髪の毛を口元でいじっている女の子ふたり、暴力を振るう父親の双子の娘が保護を求めてやってきて、冗談まじりになだめられた。顔から血を流した女が夫を訴えた。骨粗鬆症《こつそしょうしょう》で腰が折れ曲がった恐ろしく年とった黒人女性が、嫁に部屋から追い出されて行くところがないといってやってきた。民生委員たちが出り入ったりしたが、ほとんどが保護を受ける側と同じくらい犯罪の傾向があったり不幸だったりするような顔だった。みんな煙草《たばこ》を吸っていた。蛍光灯の下でみんなが病気に見えた。焼けるように熱い紅茶がプラスチック・カップでやたらに出され、叫び声、いつもの仕事、気のない悪態、拳《こぶし》を固めても誰もまともに受け取らない脅しがやたらにくり返された。関係者全員が、もともと解決不能の問題を抱えたひとつの巨大で不幸な家族なのだった。クライヴは赤レンガ色の紅茶を手にして身をすくめていた。クライヴの世界では人間が大声を出すことは滅多になかったから、クライヴは夕方のあいだずっと疲れきった興奮状態にあった。自発的でも強制的でもここに入ってくる市民たちはほぼ全員がみじめなさまで、警察の主な仕事は貧困が生み出すさまざまな予測しがたい結果に対処することかと思われるほどだったが、警官たちはクライヴにはとうてい及ばない忍耐強さと気楽さでそれを行なっていた。

思えば、自分はかつて警官たちを豚と呼び、一九六七年に三か月ばかりアナキズムをもてあそんだときには、警官こそが犯罪の原因であり、いつかは不要になる存在なのだと主張したものだった。署にいたあいだずっと、クライヴは丁重に、ほとんど敬意をこめて扱われた。警官たちはクライヴを好いてくれているようにも思えて、クライヴは自分にはこれまで気づかなかった美点があったのかという気がした——落ち着いた物腰、控えめな魅力、それとも威厳だろうか。次の日の朝早くに面通しが行なわれたときには、クライヴは警官たちを失望させたくなかった。パトカーが駐《と》められている裏手の場所に案内されてみると、十人ばかりの男が壁の前に立っていた。すぐさま見分けがついた、右から三番目の、細長い顔とまぎれもない布の帽子の男だ。よかった。建物に戻ると刑事のひとりがクライヴの腕をつかんでぎゅっと握ったが、言葉は発しなかった。クライヴの周りには大喜びを抑えた雰囲気が漂い、みんないっそうクライヴを好いてくれた。今や自分たちは一団となって働いており、クライヴは検察側の主証人の役割にぴったりなじんでいた。しばらくして二度目の面通しがあったが、今度は半分ばかりが布の帽子をかぶり、全員が細長い顔をしていた。クライヴはだまされるものかと思い、列の一番最後に帽子なしで立っている犯人を指した。建物に戻ると刑事たちは、この二度目の面通しはそう重要でないのだと教えてくれた。じっさい、手間を省くために全く行なわないこともあるのだ。が、とにかくクライヴの積極的な協力には助かった。あなたは名誉警察官のようなものです。空港の方角に行くパトカーがあるのですが。よかったらお送りしましょうか？

クライヴはターミナルビルの前で下ろされた。後部座席から下りて別れの挨拶《あいさつ》をしたとき、運転席の警官が二度目の面通しで指した男であることにクライヴは気づいた。しかしクライヴも運転手もそれを口にする必要はないと考え、ただ握手を交した。

iv

スキポール空港へのフライトは二時間遅れた。クライヴは中央駅まで電車に乗り、そこから柔らかい灰色の午後の光のなかをホテルまで歩いた。橋を渡る途中に思い出したのは、アムステルダムはなんと静かで文明的な街なのだろうということだった。クライヴはブラウアース運河ぞいに散歩するため大きく西にそれた。スーツケースは大して重くないのだ。道の真ん中に巨大な水の流れがあると、なんと心が落ち着くことか。なんと寛容で、心が広く、成熟した場所であることか。趣味のいいアパートに改造された美しい煉瓦《れんが》と木彫り材の倉庫群、ファン・ゴッホ風の小ぎれいな橋、控えめな道路設備。知的であけっぴろげな感じのオランダ人たちが、行儀のよい子供を後ろに乗せて自転車をこいでゆく。商店主も学者のようで、道路掃除夫はジャズ・ミュージシャンだ。これほど理性的に秩序だった街はほかにない。歩きながらクライヴはヴァーノンのこと、そして交響曲のことを考えた。あの作品は完全にだめなのか、それとも傷があるだけか？おそらく傷というよりは汚れ、本人しか分からない汚れだ。もっとも偉大な瞬間を盗みとられて骨抜きになっているのだ。初演が恐ろしかった。それゆえクライヴは、さまざまな手配をヴァーノンのために行なってやったのは単に約束を守るためなのだと、くどいほどに自分の誠実さを確認しつつ納得することができた。ヴァーノンが和解を申し出て、アムステルダムに連れていってくれと頼んできたのは、決して単なる偶然でも好都合でもない。どすぐろく偏《かたよ》った心の奥底で、あの男は運命を受け入れたのだ。みずからの命をゆだねてきたのだ。

こうしたことを考えているうちにやっとホテルに着き、聞いてみると今晩のレセプションは七時半からだという。クライヴは部屋に入って連絡相手を、あの善良な医師を呼び出して手筈《てはず》を確認し、最後にもう一度症状を告げた。突発的で奇怪で極端な反社会的行動、完全な理性喪失。破壊的傾向、全能の幻想。人格の分裂。おとなしくさせるための予備的投薬について二人は話しあった。どうやればいいだろう？　シャンペンが提案され、クライヴも今回の祝祭的雰囲気にはシャンペンこそがふさわしいと感じた。

まだリハーサルが二時間残っているので、クライヴは金をフロントに預けてホテルの外でドアマンにタクシーを呼ばせ、数分後にはコンセルトヘボウの横手の楽屋口にいた。守衛の前をすぎて階段に通じるスイングドアを開けると、オーケストラの音が聞こえてきた。最終楽章だ。当然のタイミング。階段を上がりながらクライヴはすでにパッセージに手を入れていた。今鳴っているべきはクラリネットではなくホルンであり、ティンパニの強弱記号はピアノだ。これは自分の音楽だ。狩りのホルンが自分を呼び、みずからを取り戻せと命じているようだった。どうして忘れていられたのだろう？　クライヴは足を速めた。自分がいま向かわんとしている場所では、みずからの姿が表わされているのだ。あの孤独な夜。あのいまわしい切迫。アレン・クラッグズ。なぜ午後じゅう時間を無駄に使い、この瞬間を遅らせてきたのだろう？　ホールに通じる弧を描く廊下を駈《か》け出すまいとするのはかなりの努力だった。クライヴはドアを開けて立ち止まった。

意図したとおりオーケストラの後方真上の席だった、まさに打楽器の後ろだ。奏者からは自分は見えないが、こちらからはまともに指揮者が見える。が、ジュリオ・ボーの目は閉じられていた。爪先立《つまさきだ》ちで前にのめり、左手をオーケストラのほうに伸ばし、広げた指を小刻みに動かして、ミュートをつけたトロンボーンをやさしく立ち上げており、トロンボーンは甘美に、賢明に、企《たくら》みに満ちて、初めてあのメロディを提示する。世紀の終わりの「誰も寝てはならぬ」、昨日クライヴが刑事たちに歌ってみせたメロディ、見知らぬハイカーを犠牲にしてでも手に入れたかったメロディだ。それも無理はない。音はふくらんでゆき、絃楽器《げんがっき》全体が弓を上げて、複雑に移行してゆくハーモニーを支える最初のささやきを声にしはじめたとき、クライヴはそっと席について恍惚《こうこつ》感に落ち込んでゆくのを感じた。トロンボーンの企みに楽器群が引き込まれるにつれてテクスチャーは増幅し、不協和音が疫病《えきびょう》のように広がって、小破片――やがて行き詰まる変奏――

が火花のように上がっては時にぶつかりあい、それが予兆となって、どっと突き進んでゆく音の壁、音の津波が現れ、津波は高さを増して通り道にあるすべてのものをなぎ倒してゆき、最後に基本調性の岩盤にぶつかって砕け散る。しかしその前に指揮者がバトンで譜面台を打ち、オーケストラは否応《いやおう》なくてんでに静まっていった。ボーは最後の楽器が沈黙するまで待ち、両手をクライヴの方向に上げて呼ばわった。

「マエストロ、ウェルカム！」

立ち上がったクライヴに、ブリティッシュ・シンフォニー・オーケストラ全員が頭を向けた。クライヴが舞台に下りてゆくと、絃楽器の弓が一斉に譜面台を打ちはじめた。トランペットが一本、ひょうきんにニ長調の協奏曲から四音を引用した――ハイドンのではなくクライヴのから。ヨーロッパの大陸でマエストロと呼ばれるとは！　なんという慰め。クライヴはジュリオを抱きしめ、コンサートマスターの手を握り、奏者たちに笑顔を見せ、軽く一礼して降参するように両手を上げ、それから指揮者のほうを向いて耳にささやいた。今日はオケの連中に作品について話すのはやめておこう。明日の朝、みんなが新たな気持になってから話す。とりあえず今はゆっくり聴かせてもらいたい。そしてクラリネットとホルン、ティンパニのピアノについて気づいたことを話した。

「そうそう」とボーは早口に言った。「わたしも気付いた」

席に戻ったクライヴは奏者たちの表情がおそろしくこわばっているのに気づいた。一日じゅう懸命に練習してきたのだ。ホテルでのレセプションが緊張をほぐしてくれるだろう。リハーサルが続行され、ボーは演奏させたパッセージを磨き上げ、各セクションごとに演奏を聴いて、特にレガートの記号に気をつけるよう指示した。座席で演奏を聴きながら、クライヴは技術的な細かい部分に気をとられまいとした。いま聞こえてくるのは音楽、思想を音響に変えるという驚くべきわざだった。クライヴは身を乗り出し、眼を閉じて、ボーが演奏させる断片に神経を集中した。クライヴは時として曲を磨こうとするあまり究極の目的を見失ってしまうことがあった――その目的とは、感覚的でも抽象的でもあるような快楽を生み出すこと、非言語をふるえる空気に変形することだ。その非言語がもつ意味はいつでもわずかに手の届かぬところにあって、感情と知性とが融《と》けあう地点にじらすように吊《つ》り下げられているのだった。音のつながりのなかには、それを書くための苦労しか思い出させないものもあった。ボーは次のパッセージにかかっており、それはディミヌエンドというよりも曲が収縮してゆく感じであって、音楽によってクライヴの心に現れたのは夜明けの光のなかで見たスタジオの乱雑さ、そして自分について抱きながらはっきりさせる勇気のなかったあの考えだった。偉大さ。あんなふうに考えたのは馬鹿《ばか》だったのだろうか？　いや、自己を認識する最初の瞬間というものは確実に存在するはずで、後から考えてみればそれが馬鹿げて見えることもまた確かなのだ。

トロンボーンがまた響き、もつれあって半ば抑えられてきたクレッセンドがついに爆発してメロディの最終的出現、雄叫《おたけ》びを上げる祝祭的な全合奏《トウッティ》となった。**が、変奏が致命的になっていない。**クライヴは両手で顔を覆《おお》った。心配は当たっていた。作品は失われた傑作と成り果てていた。マンチェスターに発《た》つ前、クライヴは最終部を手つかずのまま送っておいた。そうするしかなかったのだ。そこに加えるはずだった微妙な変更はもはや思い出せない。ここは交響曲が栄光に満ちた断言を行なうところ、来たるべき破壊の前にすべての喜ばしき人間的なものを結集する地点でなければならなかった。が、こんなふうに単なるフォルティッシモの反復として提示されると、それは俗物的な大言壮語であり凡庸の極みだった。いや、それ以下だ。これは空洞であって、空洞を満たすのは復讐《ふくしゅう》のほかにない。

リハーサルの終了時刻が近いので、ボーはオーケストラに結末まで演奏させた。クライヴは座席に沈みこんだ。望んでいたのとは全く違う響きだった。主旋律は押し寄せてくる不協和音の波のなかに散らばってかさを増しつつある——が、響きはひどく馬鹿げていて、まるで二十のオーケストラがAの音に合わせているようだった。不協和音でも何でもなかった。ほぼすべての楽器が同じ音を演奏していた。これは単なる持続音だ。巨大な壊れたバグパイプだ。Aの音が楽器から楽器へ、セクションからセクションへとトスされてゆくのしか聞こえなかった。突如として、絶対音感が苦しみに変わった。A

の音が頭をえぐった。ホールから逃げ出したかったが、自分の位置はジュリオの視線の正面であり、自作のリハーサルが終わる数分前に出ていったりすればどうなるか考えるのも恐ろしかった。そこでクライヴはさらに座席に沈みこみ、深く集中したポーズで顔を隠し、最後の四小節の沈黙までずっと苦しみ続けた。

楽屋口に指揮者のロールスロイスが待たせてあるのでクライヴをホテルまで送っていこうということになった。が、ボーはオーケストラのことで用事があったので、クライヴはコンセルトヘボウの外の暗がりで数分間ひとりになることができた。ファン・バールレ通りの群衆のなかを歩いた。夕方のコンサートに人が集まりはじめていた。シューベルトだ。（これ以上梅毒病みのシューベルトを聴く必要があるのだろうか？）クライヴは街角に立って、いつもかすかに葉巻の煙とケチャップの味が感じられるアムステルダムの柔らかい空気を吸い込んだ。自分のスコアは知りつくしており、Aの音がいくつあってあの部分が本当はどう響くかも分かっていた。いま経験したのは耳の幻覚、幻想――というより幻滅だった。変奏の欠如によって一世一代の傑作が台なしにされたのであって、いまやクライヴは前よりもさらに（前よりも上の段階がありうるとしてだが）計画について頭がはっきりしてきた。自分を動かすのはもはや怒りではなく、憎しみや嫌悪《けんお》でもなく、口に出したことを実行する必要でもなかった。これから行なうことは契約として正しく、道徳を超越した純粋幾何学的な必然性がある。クライヴは何も感じなかった。

車のなかでボーは一日のリハーサルをふりかえり、楽譜をそのまま演奏できた多くのセクション、あした個別に練習させるべき一、二のセクションについて話した。欠点は分かっていても、クライヴは大指揮者に交響曲を絶賛で祝福してもらいたくて、探るように質問をした。

「全体としてちゃんとまとまっていると思う？ つまり、構造として」

ジュリオは手を伸ばしてガラスの仕切りを閉め、運転手に話が聞こえないようにした。

「大丈夫、すべてよしだ。ただここだけの話……」ジュリオは声をひそめた。「第二オーボエの若い子ね、きれいだけど演奏はどうも。ま、あの子のパートは難しくないんで助かった。とにかくきれいだね。今晩ディナーの約束をしたよ」

ホテルにつくまでの短いあいだ、ボーはほぼ終わりに近づいたBSO《ブリティッシュ・シンフォニー・オーケストラ》のヨーロッパ・ツアーを回顧し、クライヴは前回ボーと仕事をしたときのこと、プラハにおける「交響的乱舞」再演の思い出を語った。

「うん、そうそう」と、車がホテルの前に止まってドアが開けられたときにボーは声を上げた。「覚えてるとも。ものすごい作品だったね！ 若き日の創造力。取り戻そうとしても難しいだろう、ええ、マエストロ？」

ふたりはロビーで別れて、ボーはレセプションに顔を出しにゆき、クライヴはフロント係から財布を入れた封筒を受け取った。ヴァーノンは三十分前に着いて人に会いに出かけたということだ。オーケストラと関係者と報道のためのドリンク・パーティがホテル奥のシャンデリアに照らされた回廊で開かれていた。ウェイターがドアのところにトレイを持って立っていたのでクライヴはヴァーノンと自分のためにシャンペンを一杯ずつ取り、人けのない一角に退いて、クッションが乗った窓席に腰を下ろし、医師の指示を読んで白い粉薬の袋を開けた。ときどきクライヴはドアに目をやった。週のはじめにヴァーノンが電話してきて、警察に通報したことを詫《わ》びたとき——ぼくが馬鹿だった、仕事が大変、悪夢のような一週間、などなど——特にヴァーノンが、仲直りのしるしにアムステルダムに行きたい、どうせ用事もあるから、と言ったとき、クライヴは気取《けど》られぬよう愛想のいい返事をしたが、受話器を置いたときには手がふるえていた。今またふるえる手で粉をヴァーノンのシャンペンに入れると、しばらく泡が立って、それからおさまった。クライヴはグラスの縁に集まった灰色のかすを細い指でふきとった。それから立ち上がって両手にグラスを持った。ヴァーノンは右で、自分のが左だ。忘れてはいけない。ヴァーノンは右《ライト》。正し《ライト》くないやつでも。

音楽家や公演関係者や批評家たちがカクテルを手にざわめく中を通り抜けてゆくクライヴの心にはひとつの問題しかなかった。医師がくるまでにどうやってヴァーノンにシャンペンを飲ませるか。他の飲み物でなくこのシャンペンを飲ませなければ。おそらく一番いいのは、ヴァーノンがウェイターのトレイに手を伸ばす前にドアのところでつかまえることだ。大声でしゃべっている金管セクションをすり抜けるときにシャンペンが手にこぼれ、ティンパニと競争で早くも酔っ払っているコントラバスを避けるために回廊をかなり戻らなければならなかった。やっとのことで、フルートとピッコロを仲間に入れておとなしく楽しんでいるヴァイオリンのところに着いた。女の人数が多いこともあってここは落ち着いていた。女たちは二、三人ずつ固まってさえずるようにしゃべっており、香水の匂《にお》いがはなやかに広がっていた。一方では三人の男が小声でフロベールを論じている。クライヴはロビーに通じる背の高い観音開きのドアが見渡せる空いた場所を見つけた。遅かれ早かれ誰かが話しかけてくるだろう。早かった。糞《くそ》野郎の小男ポール・ラナークだ。この批評家はクライヴをインテリ向けのグレツキといっしょにおいてから意見を改め、グレツキがインテリ向けのリンリーだと公言したのである。よくも近づいてこられたものだ。

「ああ、リンリー。どっちかぼくにくれるの？」

「いいや。さっさと消えろ」

できればラナークに右手の酒をやりたかった。クライヴはそっぽを向いたが、批評家は酔っていて、楽しめるものはないかと探しているところだった。

「君の新作のこと聞いてたんだけど。ほんとに『二〇〇〇年交響曲』っていうわけ？」

「いや。新聞がそう呼んでるんだ」クライヴはこわばった口調で言った。

「みーんな聞いちゃったぜ。ベートーヴェンから盗作したんだってね」

「あっちに行け」

「サンプリングっていうんだっけ。それともポストモダンな引用。ところで君ってプレモダンじゃなかったの?」

「さっさと行かないとその間抜けづらを引っぱたくぞ」

「ほいじゃ、手をあけないと。どっちかくれよ」

どこかに置く場所はないかと辺りを見回すと、ヴァーノンが満面に笑みをたたえて近づいてきた。まずいことに、向こうも手に二つグラスを持っている。

「クライヴ!」

「ヴァーノン!」

「ははあ」とラナークがへつらうふりをした。「虫けら君のお出ましだ」

「ほら」とクライヴは言った。「君の分もあるよ」

「ぼくも君の分を」

「それじゃ……」

ふたりは一杯ずつラナークにやった。それからヴァーノンがクライヴにグラスを差し出し、クライヴもグラスをヴァーノンに渡した。

「乾杯！」

ヴァーノンはクライヴにうなずいて意味ありげな眼をしてみせ、ラナークのほうを向いた。

「君の名前をものすごいお偉方のリストで見たよ。判事、警察の本部長、財界人、大臣……」

ラナークはうれしさに上気した。「叙勲なんて全くのでたらめだよ」

「そうだろうね。ぼくの言ってるのはウェールズの孤児院のことさ。小児愛の匂いがぷんぷんするね。君は出入りするところを五、六回ビデオで撮られてるんだ。ぼくもクビになる前に載せようかと思ったんだが、まあ、誰かが載せるだろうよ」

少なくとも十秒間、ラナークは軍人のように直立不動で、ひじを脇腹《わきばら》にぴたりとくっつけ、シャンペンを前に突き出して、かすかな笑みを唇に凍りつかせていた。警告のサインは眼がいくぶん飛び出してどんより曇ったこと、喉《のど》が普通とは逆に上方向にごくりと動いたことだった。

「危ない！」ヴァーノンが叫んだ。「下がれ！」弧を描いて飛び出したラナークの胃の中味をふたりは危ないところでよけた。回廊が突然静まり返った。それから、嫌悪の悲鳴が「ううっ」と下降音型のグリッサンドになって、絃セクション全体とフルートとピッコロが金管のほうに逃げてゆき、後には批評家とその仕業――夕方早くにオウド・ハーグ通りで食べたフライとマヨネーズ――がぽつんとぶら下がったシャンデリアに照らし出されていた。クライヴとヴァーノンは人波に巻きこまれ、ドアのところでやっと抜け出すと静かなロビーに入った。ふたりは長椅子《ながいす》に腰を下ろしてシャンペンを飲みつづけた。「殴るより効いたな」とクライヴは言った。「あれ、本当の話？」

「嘘《うそ》だと思ってたんだがね」

「うまい。乾杯」

「乾杯。あのさ、ほんとに謝りたいんだ。警察を送ったりして本当にすまなかった。ひどいことをした。この通り無条件で謝る」

「もう済んだことだよ。君の仕事のこと、本当に残念だ。君が一番の編集長だったのに」

「それじゃ握手といこう。仲直り」

「仲直り」

ヴァーノンはグラスを空け、欠伸《あくび》をして立ち上がった。「うーん、もし晩飯を一緒に食うならちょっと寝てくるよ。えらく疲れた」

「大変な一週間だったからね。ぼくは風呂《ふろ》に入ってくる。一時間したらここでどう？」

「いいよ」

クライヴはヴァーノンが足を引きずってフロントにキーを取りにゆくのを見つめた。

二手に分かれた巨大な階段の下に男と女が立っていて、クライヴと目を合わせてうなずいた。一瞬後ふたりはヴァーノンを追って階段を上がってゆき、クライヴはロビーを二、三周した。それから自分のキーをもらって部屋に行った。

数分後クライヴは服を着たまま靴下だけぬいでバスルームにおり、バスタブに屈《かが》みこんで、排水口をふさぐためにぴかぴか光る金のプレートの仕掛けを動かそうとしていた。持ち上げながら回さなければならないのだが、こつがつかめないのだ。その間も、足の裏に伝わってくる大理石の床暖房の感覚で、自分の神経がくたくたになっていることが思い出された。サウス・ケンジントンでの幾晩という徹夜、警察署での騒ぎ、コンセルトヘボウでの歓迎。自分の一週間も大変だった。風呂の前に一眠りしよう。ベッドルームに戻ってズボンをさらりと脱ぎすて、シャツのボタンをはずして心地よさにうなりながら巨大なベッドに身をまかせた。金のサテンのベッドカバーがふとももを撫《な》で、クライヴは脱力の快感に酔いしれた。すべてうまくいった。やがてニューヨークでスージー・マーセランに会える、そうすれば自分の人格のうちでしまいこんだまま忘れていた部分もよみがえってくるだろう。こうして豪華な肌触りのよさのなかで横になっていると——この高価な部屋は空気まで肌触りがよい——気持よい予感に身をくねらせそうだ、脚を動かす気になればの話だが。おそらく、その気になったなら、一週間ほど仕事のことを考えずにいられるなら、スージー・マーセランを愛することもできるだろう。あれはいい女だ、心の底からまっすぐだ、頼りになる仲間だ、いつも自分に付き従ってくれるだろう。そう考えると、まさしく付き従う価値のある自分という人間がふと何ともいとしくなって、涙が頬骨を流れ下って耳をくすぐるのが感じられた。ぬぐう気も起きなかった。その必要もなかった、なぜなら、部屋を横切ってやってくるのはモリー、モリー・レインじゃないか！　男をひとり従えている。気の強そうな小さな唇、大きな黒い眼、新しい髪形――ボブ――がぴったり決まっていた。素晴らしい女だ。

「モリー！」クライヴはしわがれた声をしぼった。「起きられなくてすまない……」

「可哀想《かわいそう》なクライヴ」

「疲れた……」

彼女は冷たい手でクライヴの額に触れた。「あなたは天才よ。あの交響曲は奇蹟《きせき》」

「リハーサルにいたのか？　気づかなかった」

「あなた忙しくて偉いから。ねえ、会わせたい人をつれてきたの」

昔はモリーの恋人たちによく会ったものだが、この男は見覚えがなかった。

いつもながら勘のいいモリーは屈みこんでクライヴの耳にささやいた。

「前に会ったでしょ。ポール・ラナーク」

「あ、そうか。ひげなんか生やしてるから分からなかった」

「あのねクライヴィ、この人あなたのサインがほしいのに、恥ずかしくて言いだせないのよ」

クライヴはモリーのためなら何でもしてやりたく、ラナークだって安心させてやろうと思った。

「いやいや。全然かまいませんよ」

「どうもすいません」とラナークは言ってペンと色紙を差し出した。

「なあに、お気になさるようなことじゃありません」クライヴは名前をなぐり書きした。

「あ、もしご迷惑でなければこれにも」

「いいですとも、迷惑でもなんでもありません」

字を書くだけでも大変で、クライヴは横にならないといけなかった。モリーがまた近寄ってきた。

「ダーリン、わたし一回だけあなたを叱《しか》るから。そしたらもう言わない。わたし、ほんとにあなたに助けてもらいたかったのよ――あの日、湖水地方で」

「なんてことだ！　君だとは気づかなかったんだ、モリー」

「いつも仕事優先ね、それが正しいんでしょうけど」

「うん。違う、つまりその、もし君だと分かっていたら、あの馬面《うまづら》野郎、ただではすまさなかったのに」

「そうよね」彼女はクライヴの手首に手を当てて小さな懐中電灯で眼を照らした。大した女だ！

「腕が熱いよ」とクライヴはささやいた。

「可哀想ね。だからこうやって腕をまくってるんじゃない。それじゃ、ポールがあなたの作品を尊敬してるしるしに太い針を腕に刺してあげますって」

批評家はまさにその通りにして、大変痛かった。痛い賛辞というのもあるものだ。しかしクライヴは長いあいだ生きるうちに賞賛を受ける方法を身につけていた。

「やあ、どうもありがとう」と、悲鳴を抑えながらクライヴはひきつった声で言った。「どうもご親切に。ぼく自身はそう大した作品とは思わないんですが、とにかくお気に召してうれしいですよ、ほんとにありがとう……」

オランダ人の医師と看護婦が見守るなか、作曲家は頭を上げ、眼を閉じるまえに、枕《まくら》の上から深く一礼しようとするらしかった。

v

一日で初めてヴァーノンはひとりになれた。計画は簡単だった。編集長室のドアをしずかに閉め、靴を蹴《け》りすて、電話のスイッチを切って、書類や本を机から払い落とし——机の上に横になった。編集会議まではまだ五分あったからひと眠りしても差し支《つか》えなかった。前にもやったことがあった——それにヴァーノンが最上の状態でいることは『ザ・ジャッジ』のためでもある。横になったヴァーノンは自分の彫像がジャッジ・ハウスのロビーを見下ろしているところ、御影石《みかげいし》から彫りだした巨大な横臥《おうが》像を想像してみた。ヴァーノン・ハリデイ、行動人、編集長。休息中。が、それもいっとき、会議の時間となったので早くも——畜生——人々が入ってきた。ジーンに入れるなと言っておけばよかった。ヴァーノンは昼飯時にパブで語られる昔の編集長の伝説が好きだった。あのV・T・ハリデイ、ほら、あのパテゲート事件のさ、あのひとは机に横になって編集会議をやったんだぜ。みんなは気づかないふりをしないといけなかったんだ。誰も何も言えなかったんだよ。靴もはかずにだぜ。この頃の編集長ときたらおべっか使いの小物ばっかり、成り上がりの会計屋ばっかりじゃないか。さもなけりゃ黒のパンツスーツの女だ。ジントニックの大だっけ？　そうだよ、V・Tはあの一面を作った人だ。文章はぜんぶ二面に回して写真に語らせたんだ。新聞が新聞だったころの話さ。

始めようか？　みんな揃《そろ》っていた。フランク・ディベン、そしてその脇《わき》に立っているのは――うれしい驚きじゃないか――モリー・レインだ。私生活と仕事を混同しないのがヴァーノンの主義だったから、モリーにもそっけなくうなずいてみせただけだった。しかし美しい女だ。いい思いつきだ、ブロンドに染めたのは。自分が彼女を雇ったのもいい思いつきだった。パリ版『ヴォーグ』での素晴らしい仕事ぶりを認めてのことだ、それ以外の理由はない。偉大なM・L・レイン。アパートの掃除をしたことがない。皿洗いをしたことも。

　肘《ひじ》で頭を支えることさえせずに、ヴァーノンは昨日の反省を始めた。どこからか枕《まくら》が頭の下に差し出されていた。この話題は文法連の機嫌をとるためだ。ヴァーノンの念頭にあるのはディベンの書いた記事だった。

「前にも言ったがもう一度いっておく。万能薬というのは特定の病気に使うものじゃない。何にでも効くものだ。癌《がん》の万能薬というのは意味をなさない」

　フランク・ディベンは厚かましくもヴァーノンに寄ってきた。「そうは思いません」と国際部デスク代理は言った。「癌にはいろいろな形がありますからね。癌の万能薬というのは完全に語法にかなった言い方ですよ」

フランクに見下ろされる形だったが、ヴァーノンは大物の風格でデスクに横になったままでいた。

「うちの新聞ではやってもらいたくないね」ヴァーノンは静かに言った。

「それはどうでもいいんです」とフランクは言った。「経費にサインがいただきたいんですが」手には紙切れとペンを持っている。

偉大なF・S・ディベン。経費を芸術にまで高めた男。

とんでもない要求だった。編集会議で！　ヴァーノンは相手にせずに話を進めた。これもフランクへの叱責《しっせき》、同じ記事からだ。

「今は一九九六年で一八九六年じゃない。『認めない』の意味で『肯《がえ》んじない』なんて書いてどうする」

ここでモリーが寄ってきてディベンをかばってやったのは少々がっかりだった。いや、それはそうだ！　モリーとフランク。もっと早く気づくべきだった。彼女はヴァーノンの袖《そで》を引っぱり、編集長との関係を利用して現在の愛人に得をさせようとしている。屈《かが》みこんでヴァーノンの耳にささやいた。

「このひと借金があるのよ。私たちお金がいるの。リュー・ド・セーヌのちっちゃなアパートで同棲《どうせい》するんだから……」

本当に美しい女だった。抵抗できたためしがなかった、ポルチーニ茸《たけ》のあぶり方を教わってからは。

「仕方がないな。早くしてくれよ。話を進めないと」

「二か所です」とフランクが言った。「上と下に」

ヴァーノンは「V・T・ハリデイ、編集長」と二回書いたが、三十分もかかったような気がした。やっと書き終えるとヴァーノンは話を続けた。シャツの袖をモリーがまくり上げるのだが、どうしてかと尋ねていてはまた時間の無駄だ。ディベンもヴァーノンのデスクから離れようとしなかった。今このふたりに構ってはいられない。考えるべきことが多すぎるのだ。神託のような口調が口をついて出て、ヴァーノンの心臓は高鳴った。

「中東に移ろう。本紙は親アラブ派として有名だが、しかし双方の、うう、残虐《ざんぎゃく》行為を非難するにあたっては勇敢に……」

誰にも言わないぞ、とヴァーノンは思った。上腕に刺すような痛みを感じていることも、うすうすではあるが自分がどこにいてシャンペンに何が入っていてこのふたりの訪問者が誰であるか分かってきたことも。

しかしヴァーノンはやはり話を中断してしばらく沈黙し、そして最後にうやうやしくつぶやいた。

「ぶちこわしだ」

vi

その週に首相は内閣改造を決定したが、大方の見るところ、世論はガーモニーを支持していたといえ、『ザ・ジャッジ』の写真がやはり致命的だった。一日もしないうちに、党本部の廊下でも国会の一般議員席でも自分の首相選出馬を望む声がほとんどなくなったことに前外務大臣は気づかされた。今度の事件は世間一般では感情の政治学によって許される、少なくとも黙認されるだろうが、政治家というものは未来のリーダーにこのような弱みがあるのを好まないのだ。まさに『ザ・ジャッジ』の編集長が望んだとおり、自分は闇《やみ》に飲みこまれてしまった。だからこそ、ジュリアン・ガーモニーが前外務大臣の肩書でまだ入ることのできる空港のVIPラウンジに足を向けたときにも、国務文書を山ほど持たされたり役人にうろちょろされたりせずにすんだのだ。ジョージ・レインがフリー・バーでスコッチを注いでいる。

「ああ、ジュリアン。どうだね、一杯？」

ふたりはモリーの葬式いらい会っておらず、用心深く握手を交した。ガーモニーはレインが写真を売ったのだという噂《うわさ》を聞いていたが、レインはガーモニーがどの程度知っているのか分からなかった。ガーモニーの方でも、レインが自分とモリーの情事をどう思っているか確信できなかった。ガーモニーが自分に心底軽蔑《けいべつ》されているのを知っているかどうか、レインには分からなかった。ふたりはイングランドに帰ってくる棺に付き添うために一緒にアムステルダムにゆくところだった。ジョージはハリデイ夫妻の古い知り合い、また『ザ・ジャッジ』におけるヴァーノンのスポンサーとして、ジュリアンはリンリー財団の懇請によって、内閣におけるクライヴ支持者として。財団の理事たちは、遺体の国際輸送につきまとう書類事務が前外務大臣の威光でスムーズになるだろうと期待したのだった。

ふたりは飲み物を持って混んだラウンジを通り抜け――近ごろはたいていの人間がVIPなのだ――便所のドアの近くに比較的すいた一角を見つけた。

「死者たちに」

「死者たちに」

ガーモニーはちょっと考えて言った。「あのだねえ、こうして一緒になったついでだから、ひとつはっきりさせておきたいんだが。例の写真の出どころは君なのか？」

ジョージ・レインは効果的に一インチばかり背筋を伸ばし、傷ついた口調で言った。

「経済人としていつも党を支持・献金してきたわたしがかい。あんなことをして何になる？　ハリデイの隠し玉だよ、あの男は時期を待ってたんだ」

「版権が入札になったと聞いたが」

「モリーは版権をリンリーに渡していた。ちょっとばかり儲《もう》けたのかもな。聞く気もしなかったが」

ガーモニーはスコッチを飲みながら、『ザ・ジャッジ』にしても出どころは隠しつづけるだろうと考えた。レインが嘘《うそ》をついているとすれば、あっぱれな名演技だ。そうでないなら、リンリーも作品も呪《のろ》われるがいい。

フライトがアナウンスされた。待たせてあるリムジンのところまで階段を下りていく途中、ジョージはジュリアンの腕をつかんで言った。「しかし、よくあうまく逃れたね」

「そうかい？」ガーモニーはあからさまにならないようそっと腕を引っこめた。

「そうさ。たいていの人間なら、もっとつまらんことで首を吊《つ》ってるぜ」

一時間半後、ふたりはオランダ政府の公用車でアムステルダムの通りを進んでいた。かなり長いあいだ会話がなかったので、ジョージがほんのついでという感じで言った。

「バーミンガムの初演が延期されたようだな」

「実際はキャンセルだね。ジュリオ・ボーは駄作だと言ってる。BSOのメンバーの半分が演奏拒否だ。どうも最後のところのメロディが、みえみえのベートーヴェンの『歓喜の歌』らしくて、ほんの一音か二音足したか引いたかなんだそうだ」

「自殺するわけだな」

二つの死体はアムステルダム中央署の地下の小さな死体置場に安置されていた。レインと一緒にコンクリートの階段を導かれていく途中、ガーモニーはスコットランド・ヤードの地下にもこんな秘密の小部屋があるのだろうかと考えた。いまとなっては知りようもない。公式の身元確認が行なわれた。前大臣はオランダ内務省の役人たちと打ち合わせのため脇《わき》に呼ばれて、残されたジョージ・レインは旧友たちの顔を眺めた。驚くほど安らかな顔だった。ヴァーノンは何か面白いことを言おうとするように唇を半ば開き、クライヴは万雷の拍手を浴びたように幸せな表情だった。

やがてガーモニーとレインは街の中心部を通って送り帰されていった。ふたりとも物思いに沈んでいた。

「ちょっと面白いことを聞いたよ」と、しばらくしてからガーモニーが言った。「新聞は間違ってた。われわれ全員がだまされていたんだ。同時自殺じゃない。お互いに毒を盛ったんだよ。なんだか知らんが薬を飲ませたんだね。相互殺人だよ」

「何と！」

「ここいらに悪い医者がいるんだね、安楽死法を悪用した。大概は年とった親族を金を取って始末してくれるらしいが」

「妙だな」とジョージは言った。「そんな話が『ザ・ジャッジ』の記事にあった気がするぞ」

そしてジョージは窓の外を向いた。車は人の歩くような早さでブラウアース運河沿いを進んでいた。なんと明るく、秩序のある通り。角には小ぎれいなコーヒーハウスがあるが、おそらくドラッグを売っているのだろう。

「ああ」と、最後にジョージが言った。「オランダ人てのは合理的な法律を作るもんだ」

「そうだね」とガーモニーも言った。「合理的ということになると、連中は行きすぎるからなあ」

午後遅く、イングランドに戻り、ヒースロー空港で棺の手配を済ませ、税関を通ってそれぞれの運転手を見つけたガーモニーとレインは握手をして別れ、ガーモニーはウィルトシャーで家族と長い時間を過ごしに、そしてレインはマンディ・ハリデイを訪ねに行った。

ジョージは通りのはずれで車を止めさせて数分間歩いていった。ヴァーノンの未亡人に言うべきことを考えておく必要があった。が、涼しくさわやかな黄昏《たそがれ》のなかを歩いてゆき、広々としたヴィクトリア朝のお邸《やしき》通りで芝刈り機の使いぞめの音を聞くと、ジョージの考えは他の楽しいことにそれていった。ガーモニーは打ち負かされ、記者会見で嘘上手の妻にモリーとの情事をきっぱり否定されてしまったし、ヴァーノンもいなくなったし、ついでにクライヴまで消えてくれた。大体のところ、モリーのかつての愛人たちに関してはまずまずの状況だった。そろそろモリーの追悼式を考えてもいいころだろう。

ハリデイ夫妻の家についたジョージは玄関の階段で足を止めた。マンディは昔からの知り合いだった。大した女だ。昔はちょっとした不良だった。ディナーに誘っても早すぎるということはあるまい。

そうだ、追悼式だ。セント・ジェイムズ教会よりはセント・マーティン教会。セント・ジェイムズ教会に出かける連中は、うちの社が出しているタイプの本を読むような低能が増えてきた。セント・マーティン教会にしよう、スピーチをするのは自分だけ、他の誰にもしゃべらせない。かつての愛人たちが目くばせしあうこともない。ジョージは笑みを浮かべ、ドアベルに触れるために腕を挙げたときには、招待者リストという魅惑的な問題をじっくり考えはじめていた。

訳者あとがき

イアン・マキューアンは一九四八年に生まれ、サセックス大学を卒業したあと、マルカム・ブラッドベリ（『超哲学者マンソンジュ氏』）とアンガス・ウィルソン（『アングロ・サクソンの姿勢』）率いるイースト・アングリア大学創作科で初めて修士号を受けた学生となった。『アムステルダム』までに短編集が二つ、長編が七つあり、前作『愛の続き』（原題 Enduring Love 小社刊）はＴＬＳ（タイムズ文芸付録）の「インターナショナル・ブック・オヴ・ザ・イヤー」に選ばれている。そして本作『アムステルダム』によってマキューアンは九八年のブッカー賞を受けた。

これまでのマキューアンはきわめてショッキングな題材を冷徹な手法で描き出すことを第一の特徴としてきたが（ことに彼の短編はレイプ・小児愛・人肉食などなど、さながらタブーの博物館といった感じがある）、本作『アムステルダム』はそれらとはいくぶん趣を異にする。そのあたりの事情をこの「あとがき」では考えてみたいのだが、そうなるといきおい『アムステルダム』の筋に踏みこまざるを得ず、本作を初めて読む方の楽しみを半減させてしまうことになる。そこでお願いがあるのだが、裏表紙の宣伝によって興味をひかれた読者は、この「あとがき」は読まずに、まず本文をお試しいただきたい。そっちのほうがよほど有益な時間が過ごせることを「あとがき」筆者として保証します。なんなら「あとがき」なんぞは全然読んでいただかなくともちっとも困りはしないのであって、ここからさきは訳者という一読者の感想とゴシップ的雑談に過ぎない。

『インディペンデント』によるインタヴューでマキューアンは、『アムステルダム』という題名の由来は彼と精神科医の友人との間のジョークだと説明している。「アルツハイマーの進行の速さについて話していたんですーーハイキングの最中だったんですがねーーで、ちょっとしたジョークで、ふたりのどちらかがアルツハイマーにかかったら、かからなかった方がかかった方をアムステルダムに連れていって、屈辱的な最期《さいご》から救うために安楽死させてやろうじゃないかということになった。そこで『アムステルダム』という言葉が『おまえはどうかしているぞ』という意味になったんです。たとえばぼくがレインコートを忘れたとすると、『あー、アムステルダムだな』というふうに」。この「ちょっとしたジョークで」というあたりなど、『アムステルダム』の小説としての雰囲気をあまりに見事に要約していて、ひょっとすると創作かな？という気がしないでもないくらいだ。

狂気および死というテーマは、これまでのマキューアンの小説における切迫した純粋さ（もっというなら狂気のもつ無邪気さ）からそれて、理性あり常識ある大人ふたりの軽いジョークという形を取る。マキューアンと友人のどっちがクライヴでどっちがヴァーノンなのかは知らないが、クライヴにせよヴァーノンにせよ、一応の理性と良識を備えたman of the world（訳しにくい概念なのでそのまま出させていただく。無理に説明すれば、ちゃんと社会に適応していて、社会のちょっとした不正には目をつぶるだけの度量？のある人物、くらいのところ）だ。クライヴは警察の捜査に協力するにあたってかつての自分の学生っぽい警官嫌いを反省しているし、ヴァーノンもまた保守政治家ガーモニーの外国人排斥・死刑復活・環境無視といった政策に怒りを覚えている「良識派」ではある。そういった不完全な善人・理性人たちの良心が堕落・崩壊していく過程が『アムステルダム』の軸のひとつだが、考えてみれば世のなかの人間の九割五分まで（もっというるか）はそういった不完全な善人であって、完全な善や理性がこの世に存在しにくいのと同様に完全な悪人というものは小説に登場するほどたくさんいはしない。われわれが薄汚れた存在であることがこの小説の前提にはあって、そうした薄汚れた人間たちの「理性」なるものが、完全に狂気の側にいる人間たちの理性と同様（あるいはそれ以上に）いかに危ういものであるかという認識が前面に押し出されたことで『アムステルダム』はマキューアンの小説のなかでこれまでとどこか違ったものになっている。

そうしたどこにでもいる「半善人」たちの狂気の物語は、舞台を俗世間にとること、これまでに使い古されてきたプロットを積極的に再利用することを余儀なくされる。なぜならそうした半善人の狂気はそもそものはじめからオリジナリティを剝奪《はくだつ》された「平凡な狂気の物語」にすぎないからだ。ゆえに『アムステルダム』は芸術家のスタジオと新聞社の編集長室（『ガーディアン』『インディペンデント』『テレグラフ』が実名で挙がっているのだから、ヴァーノンの『ザ・ジャッジ』は『タイムズ』に違いない、という書評があったが、さあ、どうだか）という、これまでにもどこかで見たような場所を往復し、「人を呪《のろ》わば穴二つ」という、これまでにもどこかで聞いたようなプロットを意識的になぞってゆく。モリー・レインの葬儀で始まったこの小説がクライヴとヴァーノンの葬儀で終わることは、小説の半ばを過ぎたあたりで完璧《かんぺき》に予測可能になるが、それゆえにこの小説を非難したりマキューアンが保守化したと責めたりすることはお門違いであって、マキューアンはわれわれ半善人が逃れることのできない平凡な俗世間のプロットの残酷さと意識的にエレガントに戯《たわむ》れてみせているのだ。「いままでは、社会のテクスチャーがぼくを魅了します。社内政治でさえも。いまでは、ぼくはジェイン・オースティンをじっくりと、感嘆しながら読むようになりました」（『オブザーヴァー』のインタヴューで)。してみれば、みずからをヴォーン・ウィリアムズの後継者とみなし、メロディとリズムこそ音楽の本質だと主張する作曲家クライヴの姿は、本質的には非前衛でありつづけてきた(そしてなまじっかな「実験」作家よりもラディカルでありつづけてきた)小説家マキューアンの戯画化された自画像なのだろうか?

マキューアンのエレガントな文体を移し替えるのは訳者にとって楽しい苦労となった。原文の雰囲気ができるだけ損なわれていないことを祈るのみである。また、マキューアンは作品のあちこちにさりげない引用をちりばめることでも有名だ。一ページの「人間の最初の不服従」がミルトンからの、十九ページの「トーキング・バウト・マイ・ジェネレーション」がザ・フーの歌詞からの引用であることぐらいは分かったが、カギカッコなしの引用となると浅学の訳者にはお手上げ。大方のご教示を待ちたい。クライヴが列車でペンリスに向かう場面にはフィリップ・ラーキン(たしかにマキューアン好みの詩人だ)の、山登りの場面にはコールリッジの日記の、湖のほとりでクライヴが女を見かける場面にはワーズワース(『序曲』)の、それぞれ影が感じ取れるという東京大学のジョージ・ヒューズ教授の指摘を引かせていただくにとどめる。

今回の訳にあたっても多くの方のお世話になった。とくに訳者のしつこい質問にいちいち丁寧な答えを与えてくださったジョージ・ヒューズ教授、自然な日本語作りに力添えをいただいた新潮社校閲部には、この場を借りて特にお礼を申し上げたい。

一九九九年三月

小山太一

文庫版追記

このたびの文庫化に伴い、訳文に少し手を入れた。

『アムステルダム』クレスト・ブックス版の刊行以来、マキューアンは『贖罪《しょくざい》』（新潮社刊）、*SATURDAY*（二〇〇五年。邦訳は新潮社より近刊予定）と全く毛色の違う作品を二つ世に問うた。五十代も半ばを過ぎたマキューアンは、今でも物凄《ものすご》い勢いで変化を遂げつつある。今後に注目したい。

二〇〇五年六月　　小山太一

この作品は平成十一年五月新潮社より刊行された。

J・アーヴィング
筒井正明訳

ガープの世界

全米図書賞受賞（上・下）

巧みなストーリーテリングで、暴力と死に満ちた世界をコミカルに描く、現代アメリカ文学の旗手J・アーヴィングの自伝的長編。

J・アーヴィング
中野圭二訳

ホテル・ニューハンプシャー

（上・下）

家族で経営するホテルという夢に憑かれた男と五人の家族をめぐる、美しくも悲しい愛のおとぎ話——現代アメリカ文学の金字塔。

T・ウィリアムズ
小田島雄志訳

欲望という名の電車

ニューオーリアンズの妹夫婦に身を寄せたブランチ。美を求めて現実の前に敗北する女を、粗野で逞しい妹夫婦と対比させて描く名作。

T・ウィリアムズ
小田島雄志訳

ガラスの動物園

不況下のセント・ルイスに暮す家族のあいだに展開される、抒情に満ちた追憶の劇。斬新な手法によって、非常な好評を博した出世作。

O・ヘンリー
小川高義訳

賢者の贈りもの

—O・ヘンリー傑作選I—

クリスマスが近いというのに、互いに贈りものを買う余裕のない若い夫婦。それぞれが一大決心をするが……。新訳で甦る傑作短篇集。

J・ラヒリ
小川高義訳

停電の夜に

ピュ－リッツァー賞
O・ヘンリー賞受賞

ピューリッツァー賞など著名な文学賞を総なめにした、インド系作家の鮮烈なデビュー短編集。みずみずしい感性と端麗な文章が光る。

P・オースター
柴田元幸訳
幽霊たち
探偵ブルーが、ホワイトから依頼された、ブラックという男の、奇妙な見張り。探偵小説？ 哲学小説？ '80年代アメリカ文学の代表作。

P・オースター
柴田元幸訳
孤独の発明
父が遺した夥しい写真に導かれ、私は曖昧な記憶を探り始めた。見えない父の実像を求めて……。父子関係をめぐる著者の原点的作品。

P・オースター
柴田元幸訳
ムーン・パレス
日本翻訳大賞受賞
世界との絆を失った僕は、人生から転落しはじめた……。奇想天外な物語が躍動し、月のイメージが深い余韻を残す絶品の青春小説。

P・オースター
柴田元幸訳
偶然の音楽
〈望みのないものにしか興味の持てない〉ナッシュと、博打の天才が辿る数奇な運命。現代米文学の旗手が送る理不尽な衝撃と虚脱感。

P・オースター
柴田元幸訳
リヴァイアサン
全米各地の自由の女神を爆破したテロリストは、何に絶望し何を破壊したかったのか。そして彼が追い続けた怪物リヴァイアサンとは。

P・オースター
柴田元幸訳
オラクル・ナイト
ブルックリンで買った不思議な青いノートに作家が物語を書き出すと……美しい弦楽四重奏のように複数の物語が響きあう長編小説！

ティファニーで朝食を

カポーティ
村上春樹訳

気まぐれで可憐なヒロイン、ホリーが再び世界を魅了する。カポーティ永遠の名作がみずみずしい新訳を得て新世紀に踏み出す。

遠い声 遠い部屋

カポーティ
河野一郎訳

傷つきやすい豊かな感受性をもった少年が、自我を見い出すまでの精神的成長の途上でたどる、さまざまな心の葛藤を描いた処女長編。

冷血

カポーティ
佐々田雅子訳

カンザスの片田舎で起きた一家四人惨殺事件。事件発生から犯人の処刑までを綿密に再現した衝撃のノンフィクション・ノヴェル！

草の竪琴

カポーティ
大澤薫訳

幼な児のような老嬢ドリーの家出をめぐる、ファンタスティックでユーモラスな事件の渦中で成長してゆく少年コリンの内面を描く。

夜の樹

カポーティ
川本三郎訳

旅行中に不気味な夫婦と出会った女子大生。人間の孤独や不安を鮮やかに捉えた表題作など、お洒落で哀しいショート・ストーリー9編。

郵便配達は二度ベルを鳴らす

J・M・ケイン
田口俊樹訳

豊満な人妻といい仲になったフランクは、彼女と組んで亭主を殺害する完全犯罪を計画するが……。あの不朽の名作が新訳で登場。

ゴールズワージー
法村里絵訳
林檎の樹
ロンドンの学生アシャーストは、旅行中出会った農場の美少女に心を奪われる。恋の陶酔と青春の残酷さを描くラブストーリーの古典。

サン＝テグジュペリ
堀口大學訳
夜間飛行
絶えざる死の危険に満ちた夜間の郵便飛行。全力を賭して業務遂行に努力する人々を通じて、生命の尊厳と勇敢な行動を描いた異色作。

サン＝テグジュペリ
堀口大學訳
人間の土地
不時着したサハラ砂漠の真只中で、三日間の渇きと疲労に打ち克って奇蹟的な生還を遂げたサン＝テグジュペリの勇気の源泉とは……。

サリンジャー
野崎　孝　訳
ナイン・ストーリーズ
はかない理想と暴虐な現実との間にはさまれて、抜き差しならなくなった人々の姿を描き、鋭い感覚と豊かなイメージで造る九つの物語。

サリンジャー
村上春樹訳
フラニーとズーイ
どこまでも優しい魂を持った魅力的な小説……『キャッチャー・イン・ザ・ライ』に続くサリンジャーの傑作を、村上春樹が新訳！

サリンジャー
野崎　孝
井上謙治　訳
大工よ、屋根の梁を高く上げよ
シーモア―序章―
個性的なグラース家七人兄妹の精神的支柱である長兄、シーモアの結婚の経緯と自殺の真因を、弟バディが愛と崇拝をこめて語る傑作。

新潮文庫の新刊

永井紗耶子著
木挽町のあだ討ち
直木賞・山本周五郎賞受賞
「あれは立派な仇討だった」と語られる、あだ討ちの真実とは。人の情けと驚愕の結末が感動を呼ぶ。直木賞・山本周五郎賞受賞作。

武内　涼著
厳　島
野村胡堂文学賞受賞
謀略の天才・毛利元就と忠義の武将・弘中隆兼の激闘の行方は——。戦国三大奇襲のひとつ〝厳島の戦い〟の全貌を描き切る傑作歴史巨編。

近衛龍春著
伊勢大名の関ヶ原
男装の〈姫武者〉現る！　二十倍の大軍毛利・吉川勢と戦った伊勢富田勢。戦国の世を生き抜いた実在の異色大名の史実を描く傑作。

望月諒子著
野火の夜
血染めの五千円札とジャーナリストの死。木部美智子が取材を進めると二つの事件に思わぬつながりが——超重厚×圧巻のミステリー。

藤野千夜著
ネバーランド
同棲中の恋人がいるのに、ミサの家に居候を始めた隆文。出禁を言い渡されても隆文は態度を改めず……。普通の二人の歪な恋愛物語。

平松洋子著
筋肉と脂肪
身体の声をきく
筋肉は効く。悩みに、不調に、人生に。アスリートや栄養士、サプリや体脂肪計の開発者に取材し身体と食の関係に迫るルポ&エッセイ。

新潮文庫の新刊

M・ブルガーコフ
石井信介訳
巨匠とマルガリータ
スターリン独裁下の社会を痛烈に笑い飛ばし、人間の善と悪を問いかける長編小説。哲学的かつ挑戦的なロシア文学の金字塔！

M・エンリケス
宮崎真紀訳
秘儀（上・下）
〈闇〉の力を求める〈教団〉に追われる、異能をもつ父子。対決の時は近づいていた――。ラテンアメリカ文壇を席巻した、一大絵巻！

企画・デザイン
大貫卓也
マイブック
――2026年の記録――
これは日付と曜日が入っているだけの真っ白い本。著者は「あなた」。2026年の出来事を綴り、オリジナルの一冊を作りませんか？

月原渉著
巫女は月夜に殺される
生贄か殺人か。閉じられた村に絶叫が響いた――。特別な秘儀、密室の惨劇。うり二つの〈巫女探偵〉姫菜子と環希が謎を解く！

焦田シューマイ著
外科医キアラは死亡フラグを許さない
―死人だらけのシナリオは、前世の知識で書きかえます―
医療技術が軽視された世界に転生してしまった天才外科医が令嬢姿で患者を救う！　大人気転生医療ファンタジー漫画完全ノベライズ。

柚木麻子著
らんたん
この灯は、妻や母ではなく、「私」として生きるための道しるべ。明治・大正・昭和の女子教育を築いた女性たちを描く大河小説！

新潮文庫の新刊

今野敏著
審議官
—隠蔽捜査9.5—
県警本部長、捜査一課長。大森署に残された署員たち。そして竜崎の妻、娘と息子。彼らだけが知る竜崎とは。絶品スピン・オフ短篇集。

白石一文著
ファウンテンブルーの魔人たち
大学生の恋人、連続不審死、白い幽霊、AIロボット……超高層マンションに隠された秘密とは？　超弩級エンターテイメント開幕！

櫛木理宇著
悲鳴
誘拐から11年後、生還した少女を迎えたのは心ない差別と「自分」の白骨死体だった。真実が人々の罪をあぶり出す衝撃のミステリ。

仁志耕一郎著
闇抜け
—密命船侍始末—
俺たちは捨て駒なのか——。下級藩士たちに下された〈抜け荷〉の密命。決死行の果て、男たちが選んだ道とは。傑作時代小説！

堀江敏幸著
定形外郵便
芸術に触れ、文学に出会い、わたしたちは旅をする——。日常にふいに現れる唐突な美。過去へ、未来へ、想いを馳せる名エッセイ集。

阿刀田高著
小説作法の奥義
物語が躍動する登場人物命名法、書き出しとタイトルのパターンとコツなど、文筆生活六十余年「小説界の鉄人」が全手の内を明かす。

Title : AMSTERDAM
Author : Ian McEwan

アムステルダム

新潮文庫　マ - 28 - 1

Published 2005 in Japan
by Shinchosha Company

平成十七年八月一日発行
令和七年十月五日三刷

訳者　小《こ》山《やま》太《た》一《いち》

発行者　佐藤隆信

発行所　株式会社 新潮社

郵便番号　一六二―八七一一
東京都新宿区矢来町七一
電話 編集部(〇三)三二六六―五四四〇
　　 読者係(〇三)三二六六―五一一一
https://www.shinchosha.co.jp

価格はカバーに表示してあります。

乱丁・落丁本は、ご面倒ですが小社読者係宛ご送付ください。送料小社負担にてお取替えいたします。

印刷・株式会社精興社　製本・加藤製本株式会社

ISBN978-4-10-215721-3 C0197